es 1354

edition suhrkamp

Neue Folge Band 354

W0287793

Pitum, mit bürgerlichem Namen Gasparino Carvalhal, Leutnant des Heeres, erlebt eine der phantastischsten Geschichten der brasilianischen Literatur: Er begibt sich auf die Suche nach dem sagenumwobenen Eldorado, dessen Entdeckung die brasilianische Auslandsverschuldung mit einem Schlage beseitigen könnte, denn er ist des sinnlosen Dauerkriegs gegen Guayana überdrüssig. Bei seiner Suche fällt er den Amazonen in die Hände: Als einziges männliches Wesen im kriegerischen Frauenland sorgt er von nun an für den Fortbestand des Stammes. Plötzlich verstoßen, gerät er unter die Indios, deren völlig anders organisiertes, harmonisches Zusammenleben er verwundert betrachtet. Bewahrt das wilde Utopia eines indianischen Brasiliens etwas von paradiesischer Unschuld, so basiert dagegen das »bürgerlich multinationale Utopia der Macht- und Luststrukturen« auf einer ausgeklügelten technischen Beherrschung des entmündigten und zum ferngelenkten Automaten mit festgelegter Lustration reduzierten Individuums. Darcy Ribeiros *Wildes Utopia* ist Polemik und Satire, lehrreich und geistreich zugleich – in ihm läßt der Ethnologe und Soziologe seinem literarischen Spieltrieb und seiner intellektuellen Phantasie freien Lauf.

Darcy Ribeiro
Wildes Utopia

Sehnsucht
nach der verlorenen Unschuld
Eine Fabel

Aus dem brasilianischen Portugiesisch
von Maralde Meyer-Minnemann

Suhrkamp

Titel der Originalausgabe: *Utopia Selvagem. Saudades da inocência perdida. Uma fábula.*

edition suhrkamp 1354
Neue Folge Band 354
Erste Auflage 1986
© Darcy Ribeiro 1982
© der deutschen Übersetzung Suhrkamp Verlag Frankfurt am Main 1986
Alle Rechte vorbehalten, insbesondere das
des öffentlichen Vortrags
sowie der Übertragung durch Rundfunk und Fernsehen,
auch einzelner Teile.
Satz: Hümmer, Waldbüttelbrunn
Druck: Nomos Verlagsgesellschaft, Baden-Baden
Umschlagentwurf: Willy Fleckhaus
Printed in Germany

1 2 3 4 5 6 – 91 90 89 88 87 86

Inhalt

UFER UND WELTEN 9

Icamiabas 11
Liebesschaukelei 22
Jurupari 35
Eldorado 43
Ibirapema 52
Der Guayanische Krieg 60

DAS SANFTE UFER 69

Caliban 71
Die Nonnen 78
Brasilien und Brasilien 91
Schreibkundige Wilde 103
Orelhão 114
Cunhãmbebe 122

AUF DEM TRIP 133

Tuxaua 135
Prospero 147
Poronominare 170
Glückliches Alter 180
Caapirausch 194

GLOSSAR 206

DI
CAVAL
CANTI

Um mich mit meinem Bruder
LEOPOLDO ZEA
und mit meinem Meister
SERGIO BUARQUE DE HOLANDA
über unsere runden Jahre
hinwegzutrösten: 60, 70, 80

Ufer und Welten

Icamiabas

Und dort erfüllt nun der Leutnant sein Schicksal. Er lebt schon lange bei ihnen und ist noch nie zweimal angetreten. Jeden Tag ist eine dran. Jeden Tag, den Gott werden läßt.

»Es bleibt mir nichts anderes übrig. Ob schön oder häßlich, jung oder alt«, sagt er, »Jungfrauen hatte ich massenhaft. Früher fand ich es schön.« Naiv wie er war, hatte er nie gedacht, daß es so viele gibt und daß es so anstrengend ist. Die von gestern hat fürchterlich geblutet. Pitum hat einen ganz schönen Schreck bekommen, wegen des Ärgers, den das hätte geben können.

»Macht nichts«, sagten die Frauen und nahmen die Blutende mit zum Bach. Dort konnte man selbst im Mondschein sehen, wie sich das Wasser durch das viele Blut dunkel färbte, das aus ihr heraussprudelte. Sie verschwanden mit ihr. Wo sie wohl ist?

Diese Frauen haben die Angewohnheit, immer nackt

herumzulaufen, schamlos, wie ihre Mütter sie geboren haben. Sie haben schöne Körper und sehr nette Gesichter. Ihr schwarzes Haar ist glatt, aber so dick wie Roßhaar. Manchmal fällt es offen, manchmal ist es zu Zöpfen geflochten. Ihre Bekleidung besteht hauptsächlich darin, daß sie mit schwarzen oder roten Farben bemalt sind, mit denen sie sich Zebramuster einritzen oder schachbrettartig vierteln. Ihr Schmuck sind bunte Federn.

Wie dieses Frauenvolk ohne Mann auskommt, ist unbegreiflich. Pitum hat nie einen gesehen. Gibt's nicht. Keinen einzigen.

»Nur mich. Mich allein, um mit diesem endlosen Weiberverein fertig zu werden. Aber die müssen doch einfach Männer haben – dachte er. Ohne Mann wird keine Frau geboren. Männer sind notwendig: unentbehrlich. Und wieso haben sie keine?«

»Hier haben sie keine«, meinte Pitum. »Sicher stecken sie irgendwo anders. Wo? Sie sagen nichts! Das ist ihr Geheimnis.«

Als er hier landete, war das erste, was Pitum bemerkte: und die Männer? Er befragte sie mit Zeichen und Gesten, zeigte auf seinen Schwanz, machte ein fragendes Gesicht und sagte in der Landessprache:

»Und die anderen? Wo sind sie? Wo stecken sie?«

Die Frauen antworteten nicht; sie lachten nur. Auch jetzt, wo er alles in ihrem Dialekt sagen kann, erhält er stets dieselbe Antwort: Gelächter.

Das große Geheimnis ohne Antwort macht Pitum Angst, und er forscht nach. Er weiß, sie verbergen diese Angelegenheit vor ihm, aber warum bloß?

»Ich lebe hier eingesperrt, gefangen. Warum diese Geheimnistuerei? Sie scheinen mich vor jemandem zu verstecken. Vor wem? Vor ihren Männern natürlich! Wenn sie welche haben, was aber sicher der Fall ist. Notwendigerweise.« Dies beunruhigte ihn in der ersten Zeit zutiefst.

Bei seiner Ankunft glaubte Pitum, er wäre bei den Weibern eines Stammes von Kriegern gelandet, die alle eingezogen waren: das Heer der Männer stünde gerade im Kampf. Das mußte so sein, dachte und befürchtete er.

»Irgendwann kommen die Männer zurück, und der Spaß hat ein Ende.« Später sah er, daß der Spaß so groß nun auch nicht war und ein Ende nicht abzusehen. Es lag auf der Hand: Der Dienst, den er leistete, war so regelmäßig wie ein Ritual: systematisch.

»Ich bin ihr Beischläfer«, wurde ihm allmählich klar. »Deshalb ernähren, waschen, schmücken und versorgen sie mich. Das ist mein Beruf: Schwängerer.«

Genau, er ist der Deckhengst. Dies wurde ihm zur Gewißheit, als einige der Frauen, die er am Anfang kennengelernt hatte, wiederkamen, um ihm das gefüllte Bäuchlein zu zeigen. Lachend kommen sie daher, präsentieren den nackten Bauch und sagen zufrieden:

»Ich bin schwanger, Liebling.« Lachen und verschwinden. Ihren Gesetzen gemäß hat jede Frau Recht auf einen einzigen Beischlaf. Nur einen einzigen: geschwängert, gut; nicht geschwängert, auch gut.

So merkte Pitum, daß es Unsinn war, zu glauben, sie bildeten den weiblichen Teil eines Stammes, dessen Männer beim Militär waren.

»Wahrscheinlich ist das Gegenteil der Fall«, folgerte er. Er glaubte schließlich, daß sie das weibliche Heer eines verdrehten Volkes seien, dessen Männer und Knaben weiß der Teufel wo steckten und sich um die Felder und Kochtöpfe kümmerten. Das schien eher zuzutreffen. Daß sie Kriegerinnen sind, kann Pitum als Berufssoldat bezeugen.

»Bessere Kämpfer gibt es nicht. Sie trainieren den ganzen Tag lang mit Pfeil und Bogen und Blasrohren. Tanzend und singend exerzieren sie, daß es eine wahre Freude ist.« Und der Genauigkeit halber fügt er hinzu: »Ihre Treffsicherheit ist enorm, sie durchbohren das Auge eines Jacu, sie harpunieren sogar schwimmende Fische im Wasser. Dabei tragen sie selbst der Parallaxe oder Para-was-auch-immer Rechnung. Sie klettern auf Bäume und schlagen in wenigen Minuten mit ihren kleinen Steinbeilen Bienenhonig frei.«

Sie brauchen keine Männer, außer für das eine: für das, was der Schwarze, wenigstens einer von ihnen, täglich schlecht und recht besorgt: die nächtliche Besteigung.

Die beiden täglichen Zerstreuungen Pitums bestehen darin, den Frauen aus der Ferne bei der Affenjagd und aus der Nähe beim morgendlichen anmutigen Exerzieren zuzusehen.

Für die Affenjagd benutzen sie Blasrohre. Eine wunderbare Waffe. Da braucht nur eine Brüllaffenherde im Busch zu kreischen, und schon rennt eine von ihnen mit ihrem langen Rohr und dem Köcher mit den Pfeilen los.

»Jetzt holt sie mein Essen«, weiß er. Die Frau läuft unter den Bäumen lang, den Blick fest nach oben gerichtet, bis sie den Anführer der Horde sieht. Dann zielt sie im Lauf und bläst. Der Pfeil fliegt und kommt unverzüglich mit dem aufgespießten Affen zurück, der zu Boden fällt, gelähmt: tot.

Pitum fragt sich nur mißtrauisch, warum sie denn keine Brüllaffen essen, sondern nur ihm Affenfleisch geben. Sie finden nur eine einzige Verwendung für die Affenreste: sie geben den Kindern den Kehlkopf, mit dem die Affen brüllen, als Spielzeug.

Jeden Tag ißt Pitum seinen Affen. Sie ziehen ihm selber

die Haut ab, nehmen ihn aus und spießen ihn auf drei Stöcke. Einen, der die Arme ausbreitet, einen anderen, der die Beine spreizt. Der dritte reicht vom Maul bis zur Schwanzspitze. Ohne Haut und Haare auf offenem Feuer gebraten, sieht er aus wie ein Kind. Anfangs machte Pitum dies sehr zu schaffen.

»Ich esse, weil mich der Hunger zwingt.« Aber er aß widerwillig bei dem Gedanken, in ein kleines Mädchen zu beißen. Eigentlich schmeckte es ihm. Brüllaffe ist ein feines Gericht. Ausgezeichnet. Die Füße und die kleinen Hände und erst die Rippchen mit den winzigen Knöchelchen, die kroß gebraten sind und von gelbem Affenfett triefen: köstlich.

Es gibt auf der Welt keinen besseren Churrasco als diesen. Für den Leutnant ist es nur teuflisch, ohne Salz zu essen. Er würzt nur mit Pfeffer. Was soll er machen? Der Aschendreck und das halbverkohlte Fleisch, das mit dranhängt, helfen ein wenig. Zuerst hatte er aus Dummheit alles abgeschabt. Wenn es zu sauber war, kam der süßliche Geschmack des Fleisches nur stärker durch.

»Das Leben lehrt einen würzen.«

Jeden Nachmittag ißt Pitum seinen Brüllaffen, dazu trinkt er Jacuba, das sie ihm bringen. Im Laufe des Tages geben sie ihm Bananen, gebratenen Mais und Puffmais, viele Erdnüsse, die Früchte der Pupunha-Palme und Mangarito, außerdem Bacuri, Sapoti, Uti, Taparebá und eine Menge anderer guter Früchte ohne Namen, die es in diesen Wäldern gibt.

Pitums größte Freude ist es, den Frauen bei ihren morgendlichen Tänzen zuzusehen, die er für Exerzieren hält.

»Das ist das Größte«, sagt er und sieht begeistert auf die Frauen, die hintereinander in Reih und Glied angetreten sind, angeführt jeweils von einem großen, kräftigen

Weibsbild, dessen einzige Brust schön steif ist. Bei dieser Gelegenheit tragen sie als Schmuck nur das lange, geflochtene und um den Kopf geschlungene Haar und den Federkranz auf der fehlenden Brust.

Sie exerzieren nackt, heben die Knie bis zum Kinn und biegen dazu den Körper im Takt. Damit bringen sie den ganzen Morgen vor dem Bad zu, laufen vom Wald zum Hof und vom Hof zum Wald. Manchmal so leise, daß man sie nur sieht. Machmal mit einem Höllenlärm: Sie singen, blasen auf langen dumpf tönenden Flöten und schwingen über ihren Köpfen aus Holzfischen gefertigte Sirenen[1].

Einige der Frauen bleiben in der großen Hütte und halten die kleineren Kinder an den Beinen fest, damit sie beim Tanzen nicht mitmachen. Die größeren bilden eine eigene Schar und üben sich im Kriegshandwerk.

Zwei der breitschultrigsten Frauen halten Pitum fest und drücken ihn auf den Boden. Sie erlauben nur, daß er von der Tür aus ruhig ihren Tänzen zusieht. Pitum nutzt das unverschämt aus, um freche Annäherungsversuche zu machen.

Die Teufelsweiber lehnen ab. Weder jetzt noch sonstwann wollen beide von Fummeleien etwas wissen. Während des Exerzierens scheinen sie die Männer sogar noch mehr zu hassen.

»Wenn ich dort im Hof auftauchte, würde ich umgehend zu einem pfeilgespickten Heiligen Sebastian werden.«

Pitum stellt sich vor, daß ihre Kriegsbesessenheit das Fehlen der Männer sublimieren soll. Ich glaube nicht, daß das so ist. So viel ununterbrochener Élan ist nur mit

1 Siehe: *Darcy Ribeiro*, Maíra, Frankfurt, Suhrkamp Verlag, 1982, S. 177: »Maíra, die Sonne machte eine riesige Flöte in Form eines Fisches, der sich in der Luft drehte und einen rauhen, fürchterlichen Ton hervorbrachte.«

dem Haß auf die Männer zu erklären. Sie finden, daß das Zusammenleben der Geschlechter unmöglich ist.

Mit Männern nur was im Krieg – sagen sie sich wohl. Wenn Frauen auf unserem Ufer auf die Idee kämen, ihre Unabhängigkeit zu erklären, wären wir verloren. Auch sie werden schließlich autark sein.

Zunächst gab es für Pitum einige Unannehmlichkeiten. Das schlimmste – gleich nach dem Verdacht, der ihn am Bratrost überfallen hatte – war die Epilation bei den ersten Bädern.

In jeder großen Hütte, in die sie Pitum schleppen, damit er das Weibervolk Nacht für Nacht einzeln – eine jede eine ganze Nacht lang – deckt, wird eine Frau dazu abgestellt, ihm das Essen zu geben und für ihn zu sorgen. Sie nimmt ihn morgens nach dem Exerzieren mit zum Bach zum fröhlichen Bade, wo er mit allen Frauen gemeinsam mitten im Geschrei der lachenden kleinen Mädchen schwimmt.

»Das Baden mag ich unheimlich gern. Es ist die schönste Stunde des Tages.«

Jetzt ist das so, aber während der ersten Male haben sie Pitum das Leder dermaßen mit Sand und Muschelsteinen gegerbt, daß sie ihm fast die Haut abzogen.

»Wohl um den Dreck meiner Welt abzukratzen«, dachte Pitum. Später entdeckte er, daß dies nicht der Grund war. Sie glaubten bloß, er wäre angemalt, weil er so schwarz aussah. Jetzt ist das Bad ein Fest. Noch schöner ist es hinterher, wenn sie sein Kraushaar mit einer Paste aus Urucum und Öl glätten und dem Schopf die Form einer roten Kalebasse geben.

So lebt Pitum, immer nackt, mit seiner Kalebassenfrisur und dem ganz und gar bemalten, federgeschmückten Körper.

»Sie verwöhnen mich zu sehr. Papageienfederbüschel

auf den Kopf, Perlenketten an den Armen, Fußreifen mit Glöckchen.« Pitum ist der Liebling des Dorfes. Verhätschelt wie ein Hurenpapagei. Den ganzen Tag lang waren Frauen und Mädchen bei Pitum, die ihm das Sprechen beibrachten:

»Curupaco, meu louco... cutu...«

Körperhaare ließen sie dem Schwarzen allerdings nicht wachsen. Nicht einmal der Flaum unter der Achsel entging ihnen. Ihrer Mode entsprechend war das unerträglich, eklig. Da sie von Geburt an kein Härchen auf dem Körper dulden, wollen sie auch an ihm kein einziges Haar.

»Darin sind sie unmöglich. Sie zupfen eins nach dem anderen an der Wurzel aus und reiben mich dann auch noch mit heißer Asche ein, damit nichts nachwächst.«

Diese Epilation war die erste wilde Brutalität, die sie an dem Leutnant verübten.

»Es war gräßlich. Wegen des Schmerzes und wegen der Gemeinheit.«

Tatsächlich war das erste Mal fürchterlich. Ein Dutzend von ihnen hielten ihn so fest, daß er sich nicht bewegen konnte, dann spreizten sie erst seine Beine, hoben dann seine Arme, um alles zu untersuchen, und zupften jedes Haar einzeln aus. Selbst die am Hintern ließen sie nicht aus.

»Übrigens die schmerzhaftesten«, klagt Pitum. »Noch schlimmer als die Haare am Sack, die schon teuflisch weh tun.«

Heute hat Pitum begriffen, daß dies eine Frage der Mode oder der Sitten ist. Und über Mode streitet man nicht. Anfangs, als er glaubte, daß sie ihm die Haare ausrupften, um ihn zu schlachten, zu braten und aufzufressen, schrie er wie am Spieß. Das heißt, er wollte es, aber ihre Riesenhände, mit denen sie ihm den Mund zuhielten, ließen es nicht zu. Er schnaufte nur durch die Nase, und aus den Augen liefen heiße Tränen, sprudelten vor lauter Schmerz.

Der Leser möge mir erlauben, das Wort zu ergreifen und einige Überlegungen anzustellen, die ich nicht länger zurückhalten kann, da sie unbedingt an diese Stelle gehören. Aus der Erzählung der Abenteuer des Ex-Leutnants springt brandneu die Tatsache ins Auge, daß die berühmten Amazonen weiterhin existieren, lebendig und aktiv sind. Wer sonst sollten diese halbbrüstigen Frauen sein, die genau am genannten Ort auftauchen und alle ihre Merkmale tragen?

Indem er den lebendigen Amazonen wiederbegegnet, verleiht der Ex-Leutnant den alten gelehrten Zeugnissen Aktualität und korrigiert sie gleichzeitig. Aus seinem Bericht ersieht man, wie einfältig die Ideen der Klassiker waren, die von diesen berühmten Frauen behaupteten, sie würden durch den Wind geschwängert. Von wegen!

Man erkennt daran auch, wie zweifelhaft die Wahrheiten sind, die durch die brasilianischen Quellen von Augenzeugen und Berichterstattern aus zweiter Hand hindurchschimmern. Ich beziehe mich auf die Zeugnisse des Carvajal, de Orellana, Acuña, de Condamíne und des Vor-Heiligen Manuel da Nóbrega[1]. Bei ihnen allen liest

1 *Carvajal,* Gaspar de, 1504 in Spanien geboren, schließt sich der Expedition Orellanas an. In seiner »Relación del nuevo descubrimiento del famoso grande Rio de las Amazona« (Bericht von der neuen Entdeckung des großen Flusses der Amazonen) berichtet er 1542 von der Begegnung mit den »Amazonen«, die dem Fluß den Namen geben (siehe auch: *Die Neue Welt,* Chroniken Lateinamerikas von Kolumbus bis zu den Unabhängigkeitskriegen, Hrsg. Rodríguez Monegal, Frankfurt, Suhrkamp Verlag, 1982, S. 197ff).
Orellana, Francisco de, geb. in Trujillo (Aragon), gest. 1550 in Brasilien. Er kam mit den Gebrüdern Pizarro nach Peru. Mit Gonzalo de Pizarro (1502–1548) bricht er in das »Zimtland« (País de la Canela)

man meiner Meinung nach immer nur dieselbe Geschichte.

Ihre Zeugnisse sind nichts als verschiedene Versionen der wahren Nachricht, daß jemand diese tapferen Frauen immer zur selben Jahreszeit in einen ständigen Krieg verwickelt gesehen hat, und immer gegen denselben Männerstamm, ihr Gegenstück. Sie würden nur Kriege machen, um im Kampf die tapfersten Jünglinge auszuwählen, die sie dann in ihre Lagerstatt aus Tuch aufnehmen, um von ihnen schwanger zu werden. Alle sind sich darin einig, daß das Neugeborene, falls es männlich ist, getötet und gegessen wird. Ist es weiblich, wird die rechte Brust amputiert, und es wird zum Kriegsdienst eingezogen.

Ein anderes Zeugnis – jenes in der Tat unsäglich und sogar die Ehre der ersten Brasilianer – oder Brasilianerin-

auf und dringt bis zum Napo vor. Dort trennt er sich von Pizarro und macht sich flußabwärts auf den Weg zum Atlantik.

Acuña, Cristobal de, Jesuitenpater, 1597 in Burgos geboren, gest. in Lima. Begleitete den portugiesischen General Pedro de Teixeira, der den Amazonas von Pará aus heraufgefahren war, auf dessen Rückreise vom 16. Januar 1639 bis 12. Dezember desselben Jahres. Der Bericht der Reise ist zusammengefaßt in: »Nuevo descubrimiento del gran Rio de las Amazonas« (Neue Entdeckung des großen Flusses der Amazonen).

La Condamine, Charles Marie de, 1701–1777, franz. Mathematiker und Forschungsreisender. Entwarf die erste wissenschaftliche Karte des Amazonas-Stromgebietes (Journal d'un Voyage fait à l'équateur – 1751 – Tagebuch einer Reise zum Äquator).

Nóbrega, Padre Manuel da, geb. 1517 in Portugal, gest. 1570 in Rio de Janeiro. Nach dem Studium in Salamanca und Coimbra trat er 1544 in den Jesuitenorden ein und kam 1549 als Superior nach Bahia. Nóbrega ist die zentrale Figur der Christianisierung des 16. Jahrhunderts.

Hauptwerke: Informações das terras do Brasil, mandadas pelo Padre Nõbrega e carta do mesmo ano de 1551 (Informationen über die Länder Brasiliens und Brief geschickt von Pater Nóbrega aus demselben Jahr 1551).

nen – verletzend – wird durch diesen Bericht des Leutnants voll und ganz widerlegt. Ich beziehe mich auf unser erstes Geschichtswerk, das ein gewisser in Braga geborener P. M. Gandavo[1], Latinist und Bewohner des Brasiliens des 16. Jahrhunderts, in einem Buch, versehen mit dem Imprimatur der Heiligen Inquisition und dem Lob seines Freundes Camões, 1576 drucken ließ. In ihm liest man in Fraktur – aber Gott sei Dank kann man es nicht mehr glauben –, daß die ersten Brasilianerinnen, oder zumindest eine kriegerische Kaste unter ihnen, zwei Greuel praktizierten. Sie pflegten völlige Keuschheit in bezug auf die Männer, deren Aufgaben sie übernommen hatten; sie heirateten andere Frauen und behandelten sie wie Ehefrauen; diese verlangten ihrerseits von ihnen, wie von einem Ehemann behandelt zu werden, als wären sie nicht auch Frauen. Dank des Ex-Leutnants werden wir endlich von jedwedem Verdacht befreit, die Insel Lesbos habe im frühesten Brasilien gelegen. Die Frauen, die er sah, hatten weder Gatten noch Gattin.

Dies, werter Leser, ist die gelehrte historische Quintessenz der Wahrheiten und Versionen, auf denen der Fall gründet, der hier erzählt und gelesen wird; sein Realitätsgehalt wird andererseits durch sie gestützt und belegt.

1 *Gandavo,* Pedro Magalhães. Der Titel des Buches, auf das der Autor anspielt: »História da província de Santa Cruz a que chamamos vulgarmente Brasil« (Geschichte der Provinz Santa Cruz, die wir gemeinhin Brasilien nennen), Lissabon 1576.

Liebesschaukelei

Kurz gesagt, war mit unserem Leutnant Carvalhal[1] folgendes passiert: Er befand sich mit seinen Kameraden – alle in Kampfuniform – in dem Dauerkrieg, den Brasilien nördlich des Amazonas führte, als das Unmögliche geschah. Eines Morgens sahen alle im hellen Sonnenlicht das andere Ufer ganz unvermittelt hinter einem grauen Regenvorhang verschwinden. Der Regen fiel auf der anderen Seite schnurgerade wie eine Wand und vernebelte den Blick auf den Urwald und das in der Ferne verborgene Land. Alle schauten, beunruhigt.

»Was ist das für ein grauer Regen?« Sie spürten, daß ein Geheimnis dahintersteckte. Plötzlich hatte sie der weiße Vorhang erreicht. Und der Leutnant sah, daß dort alle seine Kameraden zu Boden fielen wie von Pfeilen aus Blasrohren getroffene Brüllaffen. Sie schienen sofort zu sterben. Ob sie aufgegessen wurden?

Noch immer schreckensstarr, fühlte der zukünftige

1 *Carvalhal:* portugiesische Form von Carvajal.

Pitum [1], wie die Pranken der Mannweiber über ihn herfielen, um ihn aufzuheben und durch den weißen Vorhang hindurch ins Wasser zu werfen.

»Aber ich bin nicht in den Fluß gefallen, hier bin ich gelandet.« Hier fand er sich inmitten eines riesigen Durcheinanders plötzlich splitternackt wieder. Alle Frauen beugten sich in Reihen tanzend und singend über ihn, um ihm genau in die Augen zu blicken. Ihre Fratzen berührten dabei fast sein Gesicht.

»Hast du noch nie einen Mann gesehen, dumme Gans?« Das hätte Pitum gesagt, wenn er damals schon von der Eigentümlichkeit dieses weiblichen Stammes gewußt hätte. Und wenn er Kraft und Atem genug gehabt hätte, um überhaupt etwas zu sagen.

Nichts da! Er war halb bewußtlos, weder mit Lederriemen noch mit Tauen, sondern durch irgendeine lähmende Droge, die sie ihm gegeben hatten, gefesselt. Eine verdammt gute Droge, um einen Christenmenschen so umzuhauen, daß er mit offenen Augen und funktionierendem Verstand, aber völlig reglosem Körper daliegt.

»Ich sah und hörte alles, aber bewegte mich nicht. Selbst zwinkern und die Augen feuchten war eine Heidenarbeit. Schlimmer war noch, sie wieder zu öffnen. Die widerspenstigen Augenlider quietschten wie verrostete Eisentüren.«

Pitum brachte sich fast um, um die Frauen zu sehen. Die meisten waren schön, alle hatten eine reine Haut. Herrlich mit ihren erhabenen, festen Schamhügeln ganz ohne Haar, mit so viel freigelegter Unschuld, daß das überhaupt nicht schamlos war. Er fand die nackten, ausrasierten Schamhügel äußerst merkwürdig.

»Wie eine Kleinmädchenmöse.« Noch befremdlicher, ja

2 *Pitum*/Pitium (Tupi: piïti'u: Fischgeruch) Wort für den spezifischen Körpergeruch von Schwarzen.

erschreckend war für ihn die saubere Narbe, die eine jede anstelle der rechten Brust hatte und die von einem Federkranz nicht ganz verdeckt war.

Alles war so verrückt und wahnsinnig, daß Pitum blitzschnell folgerte:

»Ich bin tot. Ich bin in der Hölle. Diese Frauen sind Teufel, die dazu abgestellt sind, mich zu versuchen.« Da starb er fast vor Schreck und Selbstmitleid.

»Ich bin am Arsch. Lieber Gott, welche unverzeihliche Sünde habe ich begangen, um hier zu landen«, fragte er sich, »oder ist dies das Fegefeuer?« Daß es sich nicht um die Vorhölle handelte, wußte er, denn er war von einem italienischen Pater getauft und einem deutschen Bischof in Rio Grande do Sul gefirmt worden. Verzweifelt weinend schlief er ein.

Daß sie allein leben, völlig allein, ohne Männer oder männliche Wesen jedweden Alters, ist für Pitum eine erschreckende Wahrheit.

Allein und autark, so leben diese Teufelsweiber. Die Häuser sind voller Mädchen allen Alters, von Säuglingen, die an der einzigen Brust der Mutter gestillt werden, bis zu Krabbelkindern. Von dem Alter an gibt es dann Frauen aller Altersstufen, von jungen Mädchen über reife Frauen bis hin zu Greisinnen, deren Gesichter wie überreife Jenipapos aussehen. Jungen, Knirpse, junge Burschen und Männer sind nicht zu sehen. Kein einziger. Sie sind verschwunden. Abgehauen.

»Nur ich bin noch da. Da ich nicht von hier bin, bin ich nicht übriggeblieben: ich bin passiert. Was machen oder machten sie mit ihren Männern, die sie geschwängert haben und noch schwängern? Jede muß einen Erzeuger gehabt haben und mit ihm Eltern und Großeltern von ihm und ihr; desgleichen Onkel, Schwiegerväter und außerdem Söhne, Neffen und Enkel von beiden. Abgesehen von Brüdern, Vettern und Schwagern, die jeder hat.«

»Wo sind sie? Keiner ist geblieben! Diese Tiere werden doch wohl nicht alle ihre Männer aufgefressen haben? Das bringen die glatt fertig«, meint Pitum.

»Ob sie ihre Männer aufgespießt und gesotten haben wie meine Affen, nachdem sie von ihnen geschwängert wurden? Ob sie auch die männlichen Kinder essen, die sie ganz sicher gebären? Grauenhaft!« Pitum packen Grauen und Schrecken vor seiner möglichen Zukunft, seiner Zukunft und der seiner Nachkommen.

»Werden Sie mich eines Tages verspeisen, wie ich heute ihre Affen? Verflucht! Gott im Himmel möge mich davor bewahren! Und der Teufel auch! Ich verkaufe sogar meine Seele, um ihren Zähnen zu entkommen!« Zum Glück glaubt Pitum nicht daran. Er kann einfach nicht glauben, daß sie so pervers und mordlustig sind.

Ist dieser Dienst als menschlicher Deckhengst, den der Leutnant Carvalhal nun versieht, ein in ihrem System verankertes Amt oder ist es allein ihm zugedacht? Das fragt sich Pitum.

»Bin ich der erste oder der letzte?« Es sieht mehr nach einem geregelten System aus, einem traditionellen Brauch. Der Platz, an dem sie die Hängematte des Schwarzen in der großen Hütte aufhängen, ist immer der gleiche, genau in der Mitte zwischen zwei Pfosten, die extra dazu da sind; er scheint für den abgestellten Besamer vorgesehen: den offiziellen Liebesschaukler.

»Das Essen, das sie mir geben, ist immer das gleiche, ohne Abwechslung, aber anders als das, was sie essen; das scheint auch vorgeschrieben zu sein.«

Sein morgendliches Pflichtbad im Getümmel fröhlicher Kinder, die keinerlei Angst vor ihm haben, obwohl Pitum fremd ist und sogar noch einer anderen Rasse angehört.

All dies verstärkt den Verdacht, daß dies tatsächlich das Reich der männerlosen Frauen ist. Der Autonomen. Autarken. Beinahe zumindest.

»Das ist doch sonnenklar, daß das so ist!« findet Pitum manchmal; aber es tröstet ihn nicht, daß dies so ist.

»Es ist zu widernatürlich«, argumentiert er. In der Tat findet er dies ebenso unsinnig wie einen Komplementärstamm alleinlebender Männer, die irgendwo frei herumlaufen und sich schamloser Sodomie und verstohlener Onanie hingeben. Was ist das hier? Wie soll er das herausbekommen? Und wenn dies wirklich so ist, was soll er dann machen?

»Wie komme ich bloß mit heiler Haut davon?«

Der Leser hat vielleicht wie ich auch das Buch mit den Bekenntnissen eines Deutschen gelesen, der bei den alten Indios Brasiliens in Gefangenschaft lebte. Er blieb lange dort, heiratete sogar und wartete darauf, daß ihre gerodeten Felder Früchte für das Fest trügen, bei dem sie ihn essen würden. Er kam davon, weil jene Indios, die nur Helden aßen, über die Scheißerei und das Heulen entsetzt waren, in die jener Deutsche ausbrach, um nicht gegessen zu werden[1]. Hier ist es anders. Wenn ihr System verlangt, daß wirklich das leergefickte Männchen gegessen wird, ist Pitum verloren.

»Keine Tränen können mich mehr retten. Weder Tränen noch Kerzen.«

Das gute Leben, das Pitum führt, ist sein einziger Trost: am Tag gut gepflegt, nachts gut gefickt. Ein Leben in Überfluß, Völlerei und Müßiggang, eigentlich köstlich. Jeder würde ihn beneiden, wenn da nicht die Zukunft auf

1 Anspielung auf *Hans Staden*, der als Soldat an der Expedition von Juan de Salazar zum Rio de la Plata teilnahm und 1557 in Marburg die »Wahrhaftige Historia« herausbrachte, in der er über sein Leben bei den Menschenfressern berichtet (siehe auch: Die Neue Welt, a.a.O.).

dem Bratrost zu befürchten wäre. Dies würde Pitum denken, tröstete er sich nicht mit Illusionen: Mit mir wird das nicht so laufen... Aber er zweifelt:

»Trauriges Ende. Was wird aus mir?«

Als er in der ersten Nacht, die er in der großen Hütte verbrachte, aufwachte, fühlte Pitum sofort, daß er frei war, aber dennoch nicht fessellos. Beim Erwachen fand er sich in der Hängematte wieder, mit dem Gewicht einer Frau auf sich, die erwartete, bedient zu werden. Direkt vom Krieg zum Vögeln übergehen, scheint nicht zu gehen. Doch es geht. Es ging, sobald er begriffen hatte, was sie wollte.

Da er sich noch vorstellte und befürchtete, dies könnte die Versuchung irgendeines Dämons sein, langte der Schelm mit der Hand in die Tiefen der Frau, um herauszufinden, ob sie wirklich eine Frau mit einem Loch oder nur eine verschlossene Versuchung war.

»Es ist eine Frau mit Furche und Loch«, stellte er fest. Sie hatte überhaupt kein Schamhaar. Das verwirrte Pitum zutiefst. Er hob den Kopf aus der Hängematte, guckte hin und sah bestätigt, daß ihre fleischige Scham, die einen hochaufgerichteten Kitzler darbot, völlig kahl war. Sein Schwanz erschrak etwas und wollte schlapp machen. Zum Glück fing er sich sofort und stand wieder auf. Pitum schaute zu den Frauen, die ringsum lagen, um zu sehen, ob er Anstoß erregte, wenn er dort die Frau deckte.

»Keine guckte. Sie schienen zu schlafen. Ich schaukelte los.«

»Besser gesagt, ich wurde vernascht.« Weil sich nämlich, als er noch überlegte, die Frau geschickt und gut bestückt so nahe an ihn herandrückte, daß er sich umgehend mit allem in ihr drin wiederfand. Und sie blieb, anstatt sich zu bewegen, reglos wie eine Kröte auf ihm sitzen.

»Was soll denn das, Mädchen, Bewegung!« sagte Pitum und übernahm das Fickkommando im Stil dessen, der gern auf die übliche Weise vor- und zurückschaukelt. Die Frau ließ es nicht zu. Sie wollte, daß er ganz ruhig, schön hart in ihr drin sei. Reglos. Pitums Stange, die solcherlei statische Kopulationsformen noch nicht gewohnt war, wollte schon mutlos werden. Mit einer oder zwei Saugbewegungen reaktivierte sie den Kerl, der wiederbelebt noch mehr Lutschereien verlangte. Sie wollte nicht.

»Erst da habe ich verstanden, was ich immer noch nicht begriffen habe: Nicht ich vernaschte, sondern ich wurde vernascht. Gut vernascht, das ist wahr, aber auf ihre Art.« Bis heute fühlt sich Pitum so: als männliche Prostituierte, ein Bursche der Frauen für alles.

»Ich will nicht behaupten, daß das schlecht ist. Ich sage nur, daß es anders ist.« Zu verschieden von dem, was über dies vielberedete Thema bekannt und besprochen ist.

Von da an vernascht ihn am Abend eines jeden Tages eine Frau, immer auf die gleiche Art, die Ladung so lange wie möglich zurückhaltend. Schließlich gewöhnte sich Pitum an ihre Art und Weise.

»Jetzt empfinde ich es sogar schon als Schande, zu kommen.« Außerdem mögen die Frauen es gern, wenn er nach Abschluß der Operation noch eine geraume Weile drin bleibt, wartet, bis der Stengel von selbst schlapp wird und von allein herauskommt. Ein weiterer Brauch dieser Frauen ist es, während der langen lautlosen Trance kein Sterbenswörtchen zu sagen. Als Pitum anfangs – durch die schlechten Gewohnheiten der Bordelle von Pelotas verdorben – wissen wollte, ob sie gekommen sei, oder ihr zärtlich sagen wollte, sie sei einfach Klasse, wurde er mit Knuffen zum Schweigen gebracht.

»Ficken ist hier eine todernste Angelegenheit. Was die wohl denken, wenn sie ihn steif da drin haben? Ob sie sich Schweinereien fantasieren? Ob sie ganz fromm an die Erhaltung der Gattung denken? Nie werde ich es erfahren: Es ist tabu.«

Diese Frauen, die nur einmal in ihrem Leben ficken, das andere Mal im Tode, haben diesen Kniff herausgefunden, um die Lust zu verlängern. Anstelle der manuellen und oralen Schamlosigkeiten der Vorspielslüste, haben sie sich für diese ewiglange Fickerei entschieden, die, falls der Mann es bringt, die ganze Nacht dauert. Amazonenwollust.

»Das wollen sie, verlangen sie: den Eisenschwengel!«

»Ihre erotischen Künste liegen, wie man sieht, nicht in den Reizen der Ausschweifungen, sondern in diesem unnatürlichen Verlängern der dort drinnen fest umschlossenen harten Präsenz. Von den schweigenden Frauen ringsumher behaupte ich nicht dasselbe.«

Sie werden in ihren an den Wänden entlang des Großhauses alle im gleichen Abstand zum Schwängerer befestigten Hängematten von der schweigenden Bumserei erhitzt und ganz außer sich zuschauen. Sie werden mit hineingepreßtem Daumen mehr genießen als die glückliche Bestiegene. Pitum gefällt sich in dem Gedanken, daß er, wenn er nachts seine Dame deckt, in Wahrheit alle bedient.

»Nur schmerzt mich der Gedanke, daß die, die ich heute vernasche, mich morgen fressen wird. Als Paçoca oder Pirão.« »Ohne Salz und mit viel Pfeffer«, das weiß er genau. »Kannibalinnen!«

Dieser Schwarze schlug über die Stränge. Er hat vor unseren Amazonen-Müttern nicht den geringsten Respekt. Noch die geringste Achtung vor unseren Kannibalen. Er hätte andere Folgerungen aus seinem Mißgeschick gezogen, wäre er imstande gewesen, über das Thema zu sprechen, das diese Fabel durchzieht. In der Vergangenheit erstrahlten die Amazonen aus der unbestrittenen Tradition ihrer hellenischen Herkunft in unvergänglichem Glanz. Aber auch heute noch glänzen sie wegen der unüberwindlichen Ehre, die namensgleichen Herrinnen des größten Waldgebietes und größten Wasserreservoirs des Planeten zu sein. Urwälder, die man umsonst zu zerstören versucht. Gewässer, die man umsonst zu verseuchen versucht. So groß und stark ist ihre Lebenskraft.

Was die Kannibalen anbetrifft, wollen wir gemach vorgehen. Der Ausdruck kommt von Caribe, dem ursprünglichen Namen der edlen Wilden, auf die der Entdecker 1492 auf den idyllischen Inseln stieß. Wahr ist, daß ihr angeblicher Entdecker und gefeierter Herrschaftsbegründer aus erster Hand und als Augenzeuge die Nachricht von der Wohlgestalt und dem herzlichen Wesen des amerikanischen Volkes verbreitete, Gerüchte ausstreute, denen zufolge unter ihnen welche mit nur einem Auge und mit Hundeschnauze leben und solche, die Menschenfleisch essen.

Desungeachtet gründet Thomas, der Gehenkte[1], 1516 aufgrund dieser Nachrichten Utopia, und die Welt beginnt von uns zu reden und zu träumen.

In den europäischen Mündern und Köpfen werden diese Nachrichten durcheinandergebracht und verballhornt: aus Caribe wird Cariba, Caniba und Canibal. Unter diesem Namen werden wir 1580 berühmt, dank des Essays, in dem es folgendermaßen heißt[2]: Es sind

1 Thomas More (Thomas Morus), engl. Staatsmann und Humanist, 1478–1535. Seine berühmte Schrift »Utopia« gab der gesamten Gattung der Staatsromane den Namen Utopie. Thomas More stützte sich bei seiner Beschreibung der Indianer auf die Briefe Amerigo Vespuccis (zu Vespucci, siehe auch: Die Neue Welt).

2 *Michel de Montaigne*, Essays, Buch I, Kapitel XXI »Von den Kannibalen«.

Leute, die die Eigenschaften der natürlichen Tugenden, der einzig wahrhaft tugendhaften, kraftvoll am Leben erhalten.

Aber Canibals Ruhm wird noch tiefer begründet, als er sich in Caliban verwandelt. Unter diesem Namen erlebt er 1612 ein stürmisches Abenteuer[1], bei dem unser Großvater Stimme und Zivilisation erhält, worauf er scheißt:

Prospero: »Er ist ein Ungeheuer, nicht einmal menschliche Gestalt veredelt ihn.«

Caliban: »Diese Insel ist mein, du hast sie mir geraubt.«

Prospero: »Undankbarer, ich gab dir Stimme und Verstand.«

Caliban: »Deine Sprache hast du mich gelehrt. Das ist nur gut, um dich zu verfluchen.«

Mit diesem untergeschobenen Ausspruch machen die besagten Cannibalen oder Calibans unterschiedliche Karrieren. 1754 wird der widerspruchsvolle Jüngling aus Genf von dieser Lektüre vergiftet, subversiv, verkündet das angeborene Gute im Wilden, baut auf ihm die moderne Pädagogik und die wissenschaftliche Politik auf[2].

Schuld an dem schlechten Ruf, den unsere Landsleute ein Jahrhundert später bekommen, ist ein antiklerikaler Reaktionär. Entsetzt über die kannibalischen Volksmassen von Paris, die mit den Kommunarden den Verstand und den Himmel angreifen, wälzt er alle jakobinische Schuld auf die Schultern unserer Altvorderen[3].

Die Einfalt eines jenseits des Rio de la Plata lebenden Lesers Renans, der in seiner Konfusion Prospero Caliban nennt und für uns die lateinische Spiritualität in der trau-

1 *William Shakespeare*, Der Sturm.
2 *Jean-Jacques Rousseau*, »Emile« und »Der Gesellschafts-Vertrag.«
3 *Ernest Renan*, »Caliban ou Suite de la Tempête« (Caliban oder Fortsetzung des Sturms), Paris 1878.

rigen Figur Ariels, dem fügsamen, servilen und weichlichen Intellektuellen, fordert, läßt ihn von neuem erstehen[1].

Unser Geheimnis ist noch viel komplizierter. Es beginnt mit der düsteren zivilisatorischen Invasion. Tausend einzigartige Völker, jungfräulich aus den Händen des Schöpfers hervorgegangen, mit ihren tausend Gesichtern und eigenen Sprachen, werden im Topf mit Millionen anderen aufgelöst, um das Neue Rom der Massen zu gründen. Ein neolateinisches Galibia[2], dessen Größe dem Staunen über sich selbst entspricht. Unerklärlich. All diese einfachen Völker, die schon hier waren, verwirrten die Entdecker und ihre Theologen über die Maßen:

»Sind dies Menschen oder vernünftige Tiere? Haben sie eine Seele, die Sünde kennt? Dürfen sie die Kommunion empfangen?« Der Bienenschwarm der von ihnen abstammenden Mestizen in den erstaunlichsten Rassenmischungen ist noch verwirrender.

»Wer sind wir? Wir selber? Sie? Niemand?« Mit dem Befreier[3] fragen wir uns, nachdem wir aus dem ganzen Durcheinander als Nationen aufgewacht sind:

Wer sind wir, wenn wir weder Europäer noch Indios sind, sondern ein Mittelding zwischen Ureinwohnern und Spaniern?

Wir sind die, die nicht mehr sind, was sie waren, ohne je geworden zu sein, was wir sein könnten oder wollten. Da wir nicht wissen, wer wir waren, als wir unschuldig in ihnen waren, wissen wir, nichts über uns selbst wissend, noch weniger, wer wir sein werden.

1 *José Henrique Rodó*, Ariel, Montevideo 1900.

2 *Galibi*, Eingeborenenstamm auf dem linken Ufer des oberen Laufes des Uaçá-Flusses.

3 *Simón Bolivar*, 1783–1830, der Befreier Südamerikas von der spanischen Herrschaft.

Erst kürzlich begann man zu erkennen, daß das historische Zusammentreffen des christlichen Anti-Christ mit dem heidnischen Christus ein fatales Nichtzusammentreffen war. Die geschichtslosen Völker, die wir hier waren, verschwanden angesichts der Helden, die zu jener Zeit von dort kamen, oder flossen zusammen und vertauschten ihr Sein.

Die fremden Völker, die Kolumbus und Amerigo[1] sahen, wurden zu Kolumbianern, Amerikanern und Bolivianern, dazu noch wie Brasilholz verbrannt, versilbert und sogar äquatorisch. Die zu Hause geblieben waren, kamen, begeistert von den Nachrichten, die sie über unser gesundes und treffliches Wildentum lasen, darauf, uns zum Bestandteil ihrer Utopien von der Neuen Welt zu machen. Bei diesem Blindekuhspiel haben wir sie so sehr nachgeäfft und sie sich uns so sehr angeglichen, daß der aus dem Osten ankommende Siedler nun glaubt, der Herr des Westens zu sein, und den Kompaß des Windes und der Zeiten zerschlägt.

Von der Anstrengung erschöpft und angeekelt davon, zu simulieren, was wir nicht sind, haben wir schließlich gelernt, die Augen zu waschen und Spiegel zu machen, in denen wir uns sehen können. Aus ihnen tritt unsere Gestalt als Guesa, skizziert in Macunaíma[2] und vor allem im Schrei der Menschenfresserei hervor:

- Mich interessiert nur, was mir nicht gehört. Gesetz des Menschen. Gesetz des Menschenfressers.

1 *Amerigo Vespucci,* der in seinen Briefen das von Kolumbus entdeckte Neue Indien die Neue Welt nannte und dessen Name der Kartograph Martin Waldseemüller 1507 dem Kontinent gab.

2 *Mário de Andrade,* Macunaíma. Der Held ohne jeden Charakter, Frankfurt, Suhrkamp Verlag 1982.
Joaquim de Sousa Andrade, »O Guesa errante«. Das Werk, eine Art von »Macunaíma« des 19. Jahrhunderts, behandelt das Thema des »kannibalesken« Yankees.

- Der Caraíba-Instinkt. Catiti, Catiti.
- Wir hatten den Kommunismus schon. Catiti. Catiti.
- Die Freude ist die Probe aufs Exempel.
- Im Matriarchat von Pindorama. Catiti. Catiti[1].

(Jahr 374 der Verschlingung des Bischofs Sardinha[2])

Laßt uns mit Oswald vor dieser Ausländerbande unseren ernsteren und gestrengen Schmaus der Seinserhöhung essen. Mit ihm haben wir zum ersten Mal schallend gelacht:

»Hier kommt unsere Mahlzeit angesprungen.«[3]

Bei dieser ungestümen Verkehrung pantagruelischer Fresserei bitten wir nur Gott um den gierigen unersättlichen Mund der Prosperos der Erde, um diese Ausländer zu verschlingen und aus ihnen den Dünger zu machen, mit dem wir erblühen werden.

Und noch heute ruft das Echo dieses Schreis viele seriöse Europäismen verbreitende Äffchen dazu auf, sich das Gesicht zu waschen, zu lachen und sich zu bewaffnen, um die zu jagen und zu essen, die uns essen. Weniger, um ihr ekliges Fleisch zu unserem zu machen, als vielmehr um unseren eigenen Saft zu bewahren.

Oh, welch Brot. Oh, welch Gericht...

Oh, welch göttliche Speise...

Singt der vor Neid auf den Bischof Sardinha, den die Caetés als Abendmahl empfingen, fast vergehende Selige.

1 *Oswald de Andrade,* Manifesto Antropófago (Anthropophagisches Manifest) 1928. Der Autor zitiert hier einige Sätze aus dem Manifest. »Caititi« ist seinerseits ein Zitat Andrades aus Couto Magalhães, »O Selvagem« (Der Wilde) und bedeutet »Neuer Mond«.

2 *D. Pedro Fernandes Sardinha* wurde von D. João II 1551 zum Bischof von Bahia ernannt. Sein Schiff erlitt 1556 auf dem Weg nach Portugal an der Küste des heutigen Bundesstaates Alagoas Schiffbruch. Die Passagiere und die Besatzung fielen in die Hände der Caetés-Indianer und wurden getötet.

3 Anspielung auf Hans Staden, siehe Anmerkung auf Seite 26.

Jurupari

Nachdem Pitum sich daran gewöhnt oder damit abgefunden hatte, gefiel ihm dieses Land der Mannweiber sogar. Die Morgenstunden mit dem Exerzieren und dem übermütigen Bad ebenso wie die Nachmittage, wenn er mit der Frau sprach, die dazu abgestellt war, seinen Affen zu braten. Das machen sie immer auf einem Bratrost, den sie außerhalb der Hütte aufstellen. Da alles vorgeschrieben ist, braten sie immer links von der Tür. Auf der Seite, die der aufgehenden Sonne zugewandt ist.

Pitum sitzt dann neben ihr, schaut der langsamen Arbeit, den Affen gut zu braten, zu und versucht, sich zu unterhalten. Um diese Zeit sind hier in der Hütte nur er und die Frau, diese oder jene, die hereinkommt oder hinausgeht oder sich in die Hängematte gelegt hat. Der ganze Weiberverein ist im Wald, jagt, fischt, pflanzt und erntet auf den gerodeten Feldern, mit ihnen die Mädchenschar jeden Alters.

Wie sehr sich auch Pitum bemüht, ein Gespräch

zustande zu bringen, es gelingt ihm nicht. Er hat für nichts und wieder nichts sprechen gelernt. Schwatzen, was so gut tut, Dinge zu erzählen, um etwas klar zu machen oder sich einfach nur zu entspannen, die Zeit totzuschlagen, das ist nicht ihre Sache. Die Behauptung, Frauen redeten zu viel, stimmt hier nicht.

»Sie sagen nicht einmal das Notwendigste.« Wenn er drängt, legen sie ihm die Hand auf den Mund und sagen: *juru-pari.* Das heißt: verschlossener Mund. Verboten. Nicht erlaubt.

»Welches Geheimnis verbergen diese Zicken vor mir?« Wenn es Pitum gelingt, sich etwas zu unterhalten, dann nur über Dinge, die sie vorschlagen. Und reden tut nur er; das ist weder lustig noch interessant. Und es geht immer um die Welt da draußen, das andere Ufer, wie sie sagen. Auch er spricht schon von diesem und dem anderen Ufer. Er findet, daß es genauso ist: Er ist auf dem anderen Ufer gelandet. Pitum möchte vor allem von den Frauen erfahren, wo das besagte verzauberte Goldland ist, das schon verloren war, bevor es gefunden wurde.

»Ob es vielleicht hier ist?« möchte er wissen, »hier auf ihrem Ufer, dieses verheißene Land?«

»Wo bin ich? Dies kann nicht der Ort sein, an dem sie mich gefangen haben.« Dort war in der Tat alles voller Infanterietruppen, die jedes Fleckchen Erde besetzt hatten; voller Marinesoldaten, die überall die Gewässer durchkreuzten, selbst dort, wo es nur eine handbreit Wasser unter dem Kiel gab; und voller Flieger, deren Flugzeuge die Luft mit ihrem Brummen erfüllten, so daß überhaupt kein Platz mehr für dieses Land der Frauen vorhanden war.

»Den einen oder anderen Bach könnten wir übersehen haben; einige Hütten könnten nicht auf den von Satelliten aufgenommenen Kriegskarten verzeichnet sein. Aber so viele, wie diese Frauen haben, das ist völlig unmöglich.« Pitum weiß genau, daß dies undenkbar ist. Tagelang muß man gehen, um von einer großen Hütte zur anderen zu gelangen, und er kennt inzwischen so viele, daß er nicht mehr weiß wie viele. Zu viele, um übersehen zu werden. Daraus folgt: Dieser Ort ist, da er nicht dort sein kann, wo er sich befindet, überhaupt keiner, oder er befindet sich in anderen Räumen oder Welten. Die Frauen sprechen auch nicht über Pitums Welt, von seinen Leuten, als von einem an irgendeinem Fluß oder Bach existierenden Ort.

»Sie sprechen nur von meiner Seite, das heißt von unserem Ufer: dem realen.«

Pitum weiß, fühlt, erahnt und hat da keine Zweifel, daß diese merkwürdigen Frauen in ständiger Unruhe leben. Sie machen sich zu viel Sorgen, fürchten sich vor etwas sehr Bedrohlichem.

»Was mag das sein?« Der erschreckte Ausdruck, mit dem sie ihm den Mund verschließen und bestürzt die Augen aufreißen, wenn gewisse Dinge erwähnt werden, spricht eine deutliche Sprache über ihre Ängste. So viel Furcht bei so tapferen Leuten ist sehr befremdlich.

»Warum bloß? Wovor? Vor wem?« Wer weiß. Pitum nimmt an – aber das ist nur eine Vermutung –, daß sie sich vor der Rückkehr der Männer fürchten. Vor der Wiederkehr der natürlichen Hegemonie der Männer. Vor dem Ende dieses unnatürlichen Systems, in dem Frauen immer allein leben, ein Leben lang ohne Mann. Aber er hat seine Zweifel.

»Kann das angehen?« Viele von ihnen hätten vielleicht gern einen ganzen Kerl, der sich laut räuspert, um Respekt einzuflößen, nach Schweiß stinkt, in der Hängematte schnarcht und sie täglich vögelt. Sie haben bloß keinen Mut und nicht die Mittel, sich aufzulehnen.

Die Armen! Wachsen hier unterdrückt von diesem unmenschlichen System auf, werden schon als Mädchen für den Krieg gedrillt, müssen sich damit abfinden. Wozu das bloß?

»Woher nimmt ihr unmenschliches System die Kraft?« fragt sich Pitum, ohne eine befriedigende Antwort zu finden. Ist es wie beim Heer die strenge Hierarchie, die eiserne Regimentsdisziplin – mit ihren Strafen und Belohnungen –, die hier die Ordnung aufrecht erhält?

»Aber welche Hierarchie, wenn sie nicht einmal Leitungsfunktionen anerkennen? Und wieso Disziplin, wenn ihre Lust darin besteht, bestraft zu werden?«

Weil es ermüdet und schmerzt, hört Pitum auf zu denken. Er träumt.

»Am besten wäre«, malt er sich aus, »mein Regiment hierher zu schaffen, eine dieser Hütten nachts zu umzingeln und sie im Morgengrauen überfallen. Mit so viel in diesem Guayanischen Krieg aufgestauter Geilheit würden meine Männer die Frauen wieder abrichten. Mit der Mittagssonne wären alle wieder gezähmt. Das wäre einfach toll!«

Ganz unter uns, lieber Leser, behaupte ich mal, daß diese gescheiten Frauen nichts mehr und nichts weniger sind als die ersten Revolutionärinnen der Geschichte. Sie sind Pioniere der permanenten feministischen Revolution: Trotzkistinnen.

Meiner Meinung nach hat das in den Jahren begonnen, als hier in den Tropen wegen der Agrar-Revolution – die auf der Domestizierung des Mais und des Manioks beruht – das Entwicklungsniveau der Produktivkräfte das der Produktionsverhältnisse übertraf. So wurden objektive Voraussetzungen für die Entstehung einer neuen wirtschaftlichen und sozialen Ordnung geschaffen, deren gesellschaftsrechtlicher Ausdruck das Matriarchat ist.

Der unvermeidliche dialektische Sprung wurde dann vollzogen, die Quantität schlug um in Qualität. Demzufolge griff die vorherrschende Klasse der neuen Produktionsweise – verkörpert in den Bäuerinnen, die den größten Teil der Nahrungsmittel produzierten – nach der politischen Macht, riß sie an sich und begann die revolutionäre Veränderung des gesellschaftlichen Lebens.

Demzufolge unterwarfen die Frauen die Männer ihrer Macht und stürzten die natürliche und die gesellschaftliche Ordnung. Um ihre Hegemonie zu wahren, machten sie, was alle siegreichen Klassen tun: Sie ergriffen Besitz von den Waffen, enteigneten den Putz, monopolisierten die Sinekuren und bereiteten der Freizeit des Mannes ein Ende, um ihn über seine Müdigkeit zu unterwerfen.

Als sich die Herrschaft der Frauen festigte, entstand die machistische Konterrevolution, deren historische Führung dem unnennbaren Jurupari zugesprochen wird. Er war in Wahrheit der uneingeschränkte Held dieses schmutzigen konterrevolutionären Krieges.

Jurupari soll der Überlieferung nach der Sohn eines Mädchens namens Amaru sein, dessen Mutter eine Frau war, die mit einer Schlange geschlafen hatte. Wie die Mutter, so die Tochter; als sie ihrerseits im Wald mit einigen Affen spielte, floß der Saft, ich weiß nicht von welcher Frucht, in ihre Furche, und sie wurde davon schwanger.

Jurupari schlüpfte, noch bevor er geboren wurde, aus der Gebärmutter, um frische Luft zu schöpfen. So traf er die Sonne und verstand sich gleich so gut mit ihr, daß sie ihm Zauberkräfte verlieh. Als er, noch als Zauberlehrling, einen Sperber erschaffen wollte, schuf er nur Fledermausschwärme, Eulen und anderes häßliches Nachtgetier. Nach langen Mühen schuf er schließlich seinen Sperber und ritt auf ihm zum Mond. Der gab Jurupari den Stein, der die Macht besaß, den zu gebieterisch gewordenen Weiberverein zu disziplinieren. Aber da beging er selbst einen riesigen Fehler: Er verriet sein Geheimnis einigen Alten, die, von einer Frau verführt, das verwegene Vorhaben anzeigten.

Juruparis Putsch sollte darin bestehen, auf die Präsidentschaft zu verzichten und als Garantie der männlichen Herrschaft seine Befehlsstimme in den Rohren der Flöten aus Paxiúba einzuschließen. Die Frauen, die dies von den Alten erfahren hatten, stahlen die Flöten und führten den Despotismus ein.

Jurupari mußte zurückkommen. Um sich aufs neue durchzusetzen, befahl er das totale Fasten, verwandelte jene Alten in Tausendfüßler, Frösche und Schlangen und bestrafte die Frauen wegen ihres Ehrgeizes und ihrer Laster mit Prügel und Notzucht.

Auf dieses programmatische Manifest gestützt, verschreckt und verführt Jurupari, indem er auf alle möglichen psychedelischen Taktiken zurückgreift, die Frauen und zwingt sie, die göttliche Ordnung des Machotums anzunehmen. Diese basiert auf drei Grundprinzipien:

- Der Kult der weiblichen Tugenden der Jungfräulichkeit, der Treue, der Genügsamkeit und der Bescheidenheit.
- Der Respekt vor der männlichen Schonzeit nach der Entbindung[1], die beweist, daß bei der Vermehrung die

1 *Couvade,* ein unter einigen Indianervölkern Südamerikas verbreiteter Brauch, demzufolge der Vater nach der Entbindung der Frau einige Tage das Bett hüten muß und bestimmte Nahrungsmittel nicht zu sich nehmen darf.

Vaterschaft das Wichtigste ist, da die Frau nur ein Sack ist, in den der Mann seinen Samen deponiert.

- Und schließlich das Gehorsamsprinzip dem Mann oder Anführer gegenüber und das Recht des Mannes auf Polygamie.

Diese neue Ordnung, die den geheiligten Charakter der männlichen Hegemonie garantiert, stützt sich auf zwei Grundpfeiler: Ideologisch gesehen ist sie durch den Flöten- und Maskenkult Juruparis heilig und zum Gesetz erklärt, verstärkt durch ein Gebäude aus Glaubenssätzen sowie ethischen und ästhetischen Normen. Gesellschaftlich gesehen ist sie durch die Erschöpfung gewährleistet, die sich aus der Einführung des doppelten Arbeitstages ergibt, dem die Frauen auf dem Feld und in der Hütte unterworfen sind.

Aber materiell ist sie effektiv seitdem durch den repressiven Apparat gesichert, der im Männerhaus eines jeden Dorfes im Verband der Macho-Rammler seinen Platz hat. Ein Beispiel für die Macht der Macho-Hegemonie war Amaru selber, die Mutter Juruparis, die erste Frau, die totgerammelt wurde.

Diese Urwaldtrotzkistinnen waren die einzigen Frauen, die sich von der ideologischen Mystifizierung nichts weismachen noch durch die physiologischen Zwänge terrorisieren ließen. Anstatt sich dem männlichen Joch zu unterwerfen, stellten sie sich den rebellierenden Männern, töteten sie und aßen sie alle auf, um sich körperlich wie geistig zu stärken, und übernahmen selber die – gotteslästerliche – Feier der Riten Juruparis. So setzten sie die Herrschaft des wirtschaftlichen Determinismus um, die die Männer auf den Kopf gestellt und verhindert hatten. Anschließend organisierten sie sich als eigene Klasse: menschenfressend, autark, hegemonial und souverän.

Dies ist – vorbehaltlich besserer Kenntnis und späterer wissenschaftlicher Revision aufgrund neuer Quellen, usw. – die Prähistorie dieser fürchterlichen Weiberwelt, in der zu seinem Unglück und zu allgemeiner Schande der unschuldige Mann im Leutnantsrang landete.

Eldorado

Der Beruf als gemeinsamer Ehemann der männerlosen Frauen hat Pitum fast schon zum Indio gemacht.

»Hier habe ich mich schon zu lange gütlich getan. Ich vergesse meinen Sold.« Wenn er nicht ständig in der Furcht vor dem voraussehbaren traurigen Ende lebte, würde er sich an nichts mehr erinnern, an niemanden da draußen. Wenn er sich überhaupt noch daran erinnern kann.

Nur diesen schicksalhaften Tag vergißt er nicht. Pitum verfolgt mit seinem Regiment einige Venezolaner, die irgend jemand in einem Boot mit Außenbordmotor flußaufwärts fahren gesehen haben will. Er erinnert sich an alles, an das Gesicht, die Umstände und Besonderheiten und sogar noch ein wenig an die witzigen Geschichten, die Unteroffiziere Rope und Pero und der Korporale Xito und Toxi. Er erinnert sich genau an das Gesicht eines jeden seiner Soldaten und könnte, wenn sich das lohnen würde, nacheinander ihre Geschichten erzählen.

»Jeden Tag, ständig denke ich wieder daran, zwinge mein Gedächtnis. Wer weiß, ob nicht diese Erinnerungen meinen Verstand in den Angeln halten? Ohne sie verliere ich den Verstand: Ich glaube schließlich selber, daß ich zum Schwängern von Indianerinnen geboren wurde.«

An die Dinge vor jenem Tag erinnert er sich auch, aber sie sind alle zu konfus. Er erinnert sich an dieses oder jenes Vorkommnis im Regiment während der Kämpfe in dem ständigen Krieg, den Brasilien gegen alle zivilisierten und wilden Völker und Tiere im Norden des Amazonas entfesselt hatte. Manchmal zweifelte er:

»Ist dieser Krieg wirklich wahr? Oder ist er eine Erfindung meiner grauen Zellen? Kann es überhaupt einen so läppischen, unnützen Krieg geben?« Soviel er weiß, wurde er korrekt auf Befehl eines, der ihn geben darf, vom Zaun gebrochen.

»Also ist das ein legaler Krieg.« Alle Teile der brasilianischen Truppen, Heer, Marine und Luftwaffe, wurden vollständig für dieses Unterfangen mobilisiert und sind nun da. Sogar die argentinische Grenze wurde verlassen, die vorher so gut bewacht und besetzt war.

»Warum?« fragt sich der Leutnant. »Warum nicht gegen Argentinien einen Krieg führen? Da würde es sich wenigstens lohnen. Träume. Anstelle eines vernünftigen, lukrativen Krieges fällt mir ausgerechnet dieser verrückte Krieg gegen schwarze und weiße Guayaner zu. Vor allem Schwarze, meine Rasse.« Die Brasilianer nehmen zigmal denselben Ort oder dieselbe Stadt ein. Nur damit sie die Bundesregierung wieder zurückgibt. Anschließend befiehlt sie wieder die Einnahme und die Rückgabe.

»Warum? Wozu? Wer wird das je begreifen?«

Am traurigsten macht den Leutnant der Gedanke, daß er auf der Spur eines Grundes für den Guayanischen Krieg war, als er geraubt wurde. Nicht etwa, daß er den ursächlichen Grund herausgefunden hätte.

»Darüber weiß ich nichts und stelle auch keine Spekulationen an.«

Was er zu verstehen begann, war eine Bewegung unter den Hauptleuten, die darauf ausgerichtet war, dem Guayanischen Krieg eine vernünftige, gewinnbringende Richtung zu geben. Einige Dutzend in besonderen, konspirativen, wahrscheinlich sogar subversiven Gruppen, waren damit befaßt.

Pitum kam als ziviler Agent des SNI allmählich in eine davon hinein. Sehr gefielen ihm die Zukunftsperspektiven, und seine Hoffnung war, dort offen einzutreten, wenn er das Hauptmannspatent bekommen hatte. Dies, um, falls er akzeptiert würde, in das Herz des Geheimnisses eingeweiht zu werden.

»Das ist eine äußerst gelehrte Angelegenheit. Sie steht in alten Büchern, die, in fremden Sprachen geschrieben, von der jahrhundertalten Suche berichten, die in diesem Gebiet durchgeführt wurde.« Im Verlauf einer Aktion des SNI, an der er teilnahm, gelangte das Buch für einige Tage in Pitums Hände.

»So kam ich zu der Geschichte.«

Es handelte sich um ein billig und gewöhnlich aussehendes spanisches Büchlein. Aber es war von Geheimnissen umgeben. So sehr, daß ein Hauptmann, der es verstecken wollte, starb. Nach dem Begräbnis des Offiziers las unser Held in zwei durchwachten Nächten die Geschichte, bevor er seinem Chef das Buch zurückgab. Er entzifferte flüchtig einige Randnotizen, die die damaligen dort zitierten alten Orte als hiesige und heutige Hügel und Flüsse auswiesen.

Er war auf der Spur des Eldorado – des verzauberten, seit Jahrhunderten von Kapitänen aller Korsarenrassen eifrig gesuchten Reiches[1]. Er erkannte dadurch, daß dieses miese tropische Land mit seinen Kokoshainen und Lagunen, seinen völlig unnützen Indios und Tieren, mit Gold und Smaragden vollgestopft war. Und zwar in einer solchen Fülle, daß ein paar englische Königreiche damit hätten reich werden können.

Hohe, sicher sogar göttliche Pläne müssen dort die brasilianischen Truppen hinbeordert haben, damit sie den Urwald Stück für Stück durchkämmten. So erfüllte sich das nationale Schicksal, das verzauberte Reich zu entzaubern. Der Reichtum Eldorados, der größer ist als der, den die Spanier in Amerika konfisziert haben, ist unerschöpflich.

»Die gesamten brasilianischen Außenhandelsschulden könnten davon bezahlt werden, die Banker der ganzen Welt würden jubeln. Und außerdem würde er alle im Krieg befindlichen Offiziere mit einem Trinkgeld gleichermaßen reich machen, besonders die Verschwörer, und zwar mit einem Karat-Anteil, der dem Rang entspricht.«

»Ein Anteil, groß genug, um das Leihhaus auf immer zu vergessen.«

Als Gefangener der Weiber fährt Pitum hier mit der Suche nach dem Eldorado fort. Er findet, das Zauberreich könnte durchaus unter den dicht bewaldeten Hügeln liegen.

»Diese Kriegerinnen sind die Wächterinnen des Geheimnisses von Eldorado.« Um diese Aufgabe zu erfüllen, können sie natürlich nicht heiraten. Wären Männer hier, der ganze Goldkram wäre längst ans Tageslicht gelangt. Er wäre zu Fabriken, Kraftwerken, Weiden und

1 *Sir Walter Raleigh,* The Discoverie of the lovlie, rich and beautiful Empyre of Guaiana with a relation of the great and golden City of Manoa (which the Spaniards call El Dorado, London 1596).

vielen Zeburindern geworden anstelle dieses Urwaldes, der nur Pumas, Tapire und Indios hervorbringt. So etwas können nur die Frauen.

Das erste konkrete Indiz, daß er auf der richtigen Spur war, erhielt Pitum an dem Tag, als ihm ein Mädchen einen kleinen Frosch aus grünem Stein schenkte: ein Smaragd!

»Das ist der Beweis: der in den alten Büchern erwähnte Muiraquitã.« Am nächsten Tag wurde er gleich wieder mutlos, als während des Bades andere Mädchen, die gesehen hatten, wie schnell man ihm eine Freude machen könnte, die Steine am Felsen reibend, einige Dutzend kleiner Frösche für ihn machten.

»Kann denn etwas so Gewöhnliches und Häufiges kostbar sein?« Wütend erfand Pitum in diesem Augenblick das Spiel, bei dem Steine wie Fische über die Wasseroberfläche hüpfen. Die Kinderhorde liebt das Spiel.

Weder über Eldorado noch über irgendwelche andere bedeutsame Dinge sagen die Frauen etwas. In den Gesprächen, in die sie einwilligen, geben sie über nichts Auskunft, stellen allerdings unermüdlich Fragen zur Welt da draußen. Hauptsächlich zum brasilianischen Heer, das aus Männern ohne Frauen besteht. Pitum informiert sie detailliert nur über Dinge, die kein Militärgeheimnis sind.

Aber da die Frauen das Sagen haben, kommen sie immer wieder mit der entscheidenden Frage: Sie wollen wissen, ob die brasilianischen Soldaten Kannibalen sind. Ob sie die weiblichen Kriegsgefangenen aufessen – gut kauen und herunterschlucken. Pitum schwört, daß das nicht so ist.

»Mit den Frauen kämpfen wir nicht: Wir ergeben uns.«

Die Frauen setzen ein ernstes Gesicht auf, um zu zeigen, daß sie nicht zu Scherzen aufgelegt sind, und stürzen sich auf weitere Fragen.

»Soviel Mißtrauen kann nur damit erklärt werden, daß sie dies ganz sicher mit den Männern machen!«

»Meine Hirngespinste«, tröstet sich Pitum, in der Hoffnung, daß er sich täuscht. »Ich kann und darf nicht daran denken. Das ist völliger Unsinn.« Und er macht sich weiter etwas vor:

»Es bringt nichts, zu glauben, sie seien eine männerfressende Rasse, ich habe keine Beweise dafür. Also gibt es nichts zu befürchten. Alles meine Blödheit.«

Pitum denkt sogar mit Vergnügen daran, daß dieser Gedanke, sie seien kannibalisch, genauso absurd ist wie ihre Vorstellung, die brasilianischen Truppen seien ein frauenfressendes Volk.

Ein Frauenvolk, das wie das ihre ohne Männer lebt und Ausländer als Fortpflanzer benutzt, ist zwar unvorstellbar, aber plausibel und sogar, wie hier bewiesen wird, durchführbar.

Ein Volk ausschließlich aus Männern hingegen nicht. Das ist unmöglich. Es würde der Verzweiflung anheimfallen, sich in Streitereien aufreiben, von Sodomie, Eifersüchteleien und Verbrechen aus Leidenschaft zerrüttet werden.

Sie glauben nicht einmal die Hälfte von dem, was Pitum über die Macht der Waffen der brasilianischen Truppen erzählt. Chemische Bomben, die bewirken, daß sich der Feind totlacht oder totscheißt, finden sie komisch. Flächenbomben oder Atombombem, dreckige oder saubere, für sie kommt es aufs gleiche raus: Sie glauben es nicht. Sie meinen, mit ihren Blasrohren jeden Krieg gewinnen zu können. Die Unschuldigen.

Der Leser möge mir ein weiteres Eingreifen erlauben. Diesmal, um vor seinen Augen die Werteskala zu analysieren, die aus dem Text hervorgeht. Anstelle der immer wieder aufgeführten physikalischen Vorzüge, das Größte in gewissen Bereichen zu sein – ungewöhnliches Territorium (8,5 Millionen Quadratkilometer), ungeheure menschliche Tonnage (5 Billionen Kilogramm Fleisch), ausgedehnteste mündliche Latinität (120 Millionen Sprechende) –, wird in Zukunft eine völlig unerwartete Größe höheren Ranges hervortreten: die Antiquität und das Alter unseres Vaterlandes, das, wie wir endlich erkennen, das älteste bekannte Land ist.

Tatsächlich wirft der unglückliche Ex-Leutnant durch sein zufälliges Zusammentreffen mit lebenden Amazonen ein neues Licht auf den unvergeßlichen Fund Chico Buarques[1], der, in die Fußstapfen seines Vaters tretend, durch hartnäckige Nachforschungen in den schimmeligen Labyrinthen der Archive des Schwarzen Papstes in Rom auf ein unveröffentlichtes und unerhörtes Buch stieß.

Darin steht, in lesbarer Schrift, mit allen rs und fs, daß Gott das irdische Paradies, den Garten Eden, in Brasilien angesiedelt hat. Ein keineswegs gewagter Gedanke, da selbst der Heilige Thomas – der Doktor Angelikus – sich unwillig gefragt hat, wo der Garten Eden mit Adam und Eva gelegen haben könnte, die ständig so nackt und ohne Arg in einem immerblühenden und grünen Garten lebten, der mit Äpfeln und sündigen, sprechenden Schlangen bestückt war, wenn nicht in einer äußerst wohltemperierten Provinz, wie in dem heißen Brasilien.

Chico Buarque bringt im besagten Dokument Legionen äußerst gelehrter griechischer, lateinischer, arabischer und ausländischer Gelehrter zur Sprache, Eratosthenes, Polybios, Ptolemäus, Avicenna, und gesellt ihnen noch

1 *Chico Buarque de Holanda,* berühmter brasilianischer Liedermacher.

Unmengen heiliggesprochener, heiligster Heilige zu, »quid, quid de hoc sit... alibi«[1] die, bestärkt durch Berechnungen unzähliger Astrologen, in der Sicht eines idyllischen, edenischen Brasilien völlig übereinstimmen.

Befremdlich ist nur, daß sich Chico dermaßen bei diesen Beweisführungen anstrengt, wenn doch dieselben Tatsachen, die er ausgräbt und mit denen er uns überschüttet, schon seit Jahrhunderten sattsam bekannt waren und zwar auf der Grundlage einer viel weiteren Wissenschaft, nämlich der eigenen Erfahrung.

Unwiderlegbar ist die Tatsache, daß Kolumbus selber, als er auf die Insel Fidels[2] stieß, dort das Paradies sah. Davon legt er eigenhändig in einem Brief Zeugnis ab, der an den Weißen Papst gerichtet ist und in dem es heißt: Ich glaubte und glaube, daß alle heiligen weisen Theologen glaubten und glauben, daß dort in diesem Landstrich das Irdische Paradies liegt.

Amerigo Vespucci erkennt in einem Brief aus demselben Jahr in Brasilien das Paradies, indem er verkündet, daß ein so sanftes Land mit unendlich vielen und großen Bäumen, die ihre Blätter und ihren Duft nicht verlieren, die wohlschmeckende und gesunde Früchte tragen, mit Feldern voller Gräser und Blumen, die durch ihren köstlichen Duft bezaubern, mit einer so großen Vielzahl verschiedener Vogelarten, deren Farben und Gesänge jeder Beschreibung trotzen – allein das Verlorene Paradies sein könnte: der Garten Eden.

Lange vor ihnen wußten unsere indianischen Großväter bis zum Überdruß, daß hier in Pindorama Ypy-mara-yi seinen Sitz hat. Das heißt, das Land ohne Böses, ein heim-

1 zitiert in dem Buch von Sergio Buarque de Holanda (Vater von Chico): »Visão do Paraíso« (Vision des Paradieses).

2 Kuba. Kolumbus landete am 20. 10. 1542 auf der Insel, die er Fernandina nannte.

liches verzaubertes Maranhão[1], das der Wohnsitz Gottes ist: Dorthin gelangen nur Helden lebend. Wie schön!

Alles verschwört sich, wie der Leser sieht, in dem einstimmigen Urteil, daß es kein älteres Land als dieses gibt. Wenn Brasilien auch nicht das größte ist, es ist das älteste.

1 *Maranhão:* Staat im Norden Brasiliens. Ursprünglich Bezeichnung für das gesamte Amazonasgebiet.

Ibirapema

Am meisten beleidigt Pitum, daß er wie ein Idiot besessen und behandelt wird. Er sieht es in den verächtlichen Blikken der Frauen, daß sie ihn für einen weibischen Waschlappen halten.

»Stellt euch vor«, protestiert er völlig zu recht, »ich, der Leutnant G. Carvalhal der glorreichen Brasilianischen Armee, werde hier Pitum genannt und wie eine Schwuchtel gehalten. Das geht doch nicht!«

Recht hat er – und wie! Gegen diese Mannweiber kommt keiner an. Sie sind von stoischer Unempfindlichkeit. Das bezeugt Pitum wie jemand, der Wagenladungen voller Beweise hat.

»Es ist wirklich so«, sagt er. »Bei einer Initiationsfeier der Mädchen, die zum ersten Mal menstruieren, liefern sie handfeste Beweise ihrer Unempfindlichkeit. Die Novizinnen werden, nachdem sie wochenlang in einer Hütte zurückgezogen gelebt haben, herausgeholt, gewaschen, angemalt und geschmückt, damit sie dann eine grausame Folter erleiden. Sie werden in die Mitte eines von den Frauen des Dorfes gebildeten Kreises gestellt, und es wird ihnen ein fischförmiges, siebartig aus geflochtenen Stäben gemachtes Netz auf den Bauch gelegt; in jeder Höhlung steckt eine ganz besonders angriffslustige Wespe. Sobald dieses Folterinstrument auf den Bauch der Armen gelegt wird, stechen die Wespen mit ihren Stacheln, die sie am Hinterleib haben, in den Bauch der Bedauernswerten. Einige werden vor Schmerz bewußtlos. Ihre Gesichter verkrampfen sich unter den unerträglichen Schmerzen.«

»Keine gibt auch nur einen einzigen Mucks von sich.«

Bei einer anderen Zeremonie, die sie anscheinend nur vollziehen, weil sie so gern leiden, stecken die schon etwas älteren Frauen ihren Arm in ein Wassergefäß voller besonders giftiger Tocandira-Ameisen. Eine halbe Stunde später ist die Hand, die herauskommt, auf das doppelte angeschwollen. Der Arm schwillt an wie ein aufgeblasener Ballon. Unter der Achsel wächst augenblicklich ein Lymphknoten. Der Schmerz muß grauenhaft sein.

»Und kein Piep auch bei diesem Ritus.«

Aber diese wahnsinnigen Heldinnen machen noch schlimmere Sachen: Sie schneiden sich die rechte Brust, sobald sie zu knospen beginnt, mit Bambussplittern ab. Ohne einen Schrei, ohne einen Mucks.

»Wahnsinnige«, brüllte Pitum, als er einigen beim Abschneiden der Brüste zusah.

Auf der Papageienschaukel würde eine dieser Frauen mehr aushalten als ein fanatischer Kommunist. Sie würde nur sagen, wozu sie Lust hat. Aber wer würde auf die verrückte Idee kommen, diese Indias zu foltern? Sie sind wild und grausam, aber hinsichtlich subversiver Perversionen vollkommen unschuldig. Als Indias unterstehen sie sogar der Vormundschaft des Staates, da sie relativ behinderte Staatsbürgerinnen sind. Vor dem brasilianischen Gesetz sind sie jedenfalls den verheirateten Frauen, Minderjährigen und Schwachsinnigen gleichgestellt. Man kann sie ja auch nicht zur Verantwortung ziehen. Mögen die Verbrechen, die sie begehen, und die Tugenden, die sie zeigen, noch so groß sein: Sie verdienen weder Strafe noch Ruhm.

Ob sie außer ihrer stoischen Unempfindlichkeit noch andere Tugenden haben, ist ungewiß. Sünden jedenfalls haben sie genug, meint Pitum. »Einfach so autark sein, ohne feste eigene Männer, muß schon eine gewaltige Sünde sein. Eine größere Sittenlosigkeit als die dieser Frauen, die ohne geehelichten, eigenen Begatter leben, gibt es nicht und kann es auch nicht geben.«

»Wenn sie nur gelegentlich einen Deckhengst haben, wie sollen sie dann ihre tierischen Begierden befriedigen?« Inmitten dieser zwangsweisen Abstinenz müssen die schlimmsten Laster gedeihen. Verderbte Weiber!

Das Grauen zog vollends in Pitums Herz ein, seit der Nacht, als er, die Frau ohrfeigend, aus der Hängematte gestiegen war, um dem Drängen seiner Gedärme nachzugeben, was er sich niemals mehr herausnahm. Da er im Dunkeln nicht so gut sehen konnte, erschrak er fürchterlich, als er sich der Tür näherte: Der Fußboden der großen Hütte bewegte sich, schlängelte. Entgeistert sah er dann, was sich da bewegte: Es waren Knäuel von Schlangen, die dort herumflitzten, als wären sie zu Hause.

Pitum kam schleunigst zurück – seinen rektalen Drang schmerzlich unterdrückend –, aber er paßte bei jedem Schritt auf. Augenblicklich hatte er begriffen, daß man dort nachts nie einen Fuß auf den Boden setzen darf. Er fühlt sich nunmehr nur noch in der Mulde der Hängematte mit seiner nächtlichen Dame sicher. An sie geklammert, versieht er in diesem gewölbten Bett ängstlich seinen Dienst. Er traut nur ihr zu, ihn zu schützen und das Feuer unter der Hängematte zu schüren, an dem sie sich im Morgengrauen wärmen und das die Schlangenbrut vertreiben soll.

»Wozu diese nächtliche Schlangenfarm?«, fragt sich Pitum. »Ob sie Schlangen züchten wie wir Hühner wegen des Fleisches und der Eier?« Der Arme hat die Wahrheit nie herausgefunden. Er weiß nur, daß sie keine Schlangen essen.

Falls der Leser die Vermutung eines, der nie dort war, aber eine plausible Erklärung anzubieten hat, zuläßt, möge er mir zuhören: Meiner Meinung nach haben diese Amazonen wegen der Intimhygiene, der mondbedingten Körperflüsse und zum Absaugen der überschüssigen Muttermilch ein gewisses Butantan zu Hause. Alte Chronisten, die mein Onkel Sérgio zitierte, bezeugen neben vielen anderen unaussprechlichen Dingen diesen schmutzigen Gebrauch der Schlangen bei den Indios.

Pitums pavor nocturnus war nichts gegen das Grauen, das ihn an dem Tag erfaßte, als eine pflichtvergessene Wächterin ihn das schreckenerregende Grauen in dem in jedem Dorf stehenden Rundhaus sehen ließ. Dort sah er die Ibirapema, das schaurige Ding, das dort inthronisiert ist, als penisförmige Keule von der Decke herunterhängen:

- Ihr phallischer, armlanger, gefurchter, eingeölter und mit dem Staub irisierender Eier bestäubter Körper – glänzte.
- Ihr runder, tödlicher Kopf, in den wunderliche Muster

geritzt waren, der schön bemalt und mit demselben schillernden Staub bestäubt war – drohte.

- Ihr ebenfalls schachbrettartig geschnitzter Griff, der der Hand vollkommene Festigkeit gewähren sollte – bekräftigte.
- Ihre beiden galanten Schmuckstücke: die Schamhaare des Federgehänges und die Perücke aus langen Baumwollkordeln – verbreiteten Unbehagen.

Pitum sah und erkannte das tödliche und todbringende Instrument wieder, als hätte er es immer gekannt.

»Das da wird meinen Schädel zerschmettern.« Vom ersten Augenblick an war er sich dessen sicher. Er wurde angstschlotternd von der pflichtvergessenen, ebenfalls zitternden Frau dort herausgebracht. Ihre Angst war so groß, daß sie beim Hineingehen und Herausgehen darauf achtete, dem hängenden großen Schwengel, der dort wie ein Altarheiliger verehrt wurde, nicht den Rücken zuzukehren.

»Einen größeren Narren als mich gibt es nicht«, meint Pitum, indem er den sprachgewaltigen Baianer parodiert. »Wenn ich weinen oder lachen, mich bewundern oder Gott danken oder über die Welt herziehen will, brauche ich nur mich anzusehen.«

Unser Held wäre gut beraten, weniger an Komödien als an Tragödien zu denken. Der Autor, auf den angespielt wird, wußte selber genau, daß die Leute, die er so gut wie kein anderer kannte, ihre Feinde nicht nur umbringen, sondern sie, nachdem sie tot und zerstückelt sind, essen; daß sie sie zu diesem Zwecke braten und kochen, wobei die Frauen sie zubereiten und Gäste dazu einladen, sich an diesem scheußlichen Ragout zu laben.

An dieser Stelle muß darauf hingewiesen werden, daß das Überleben der Amazonoiden Brasilien vor schwerwiegende Probleme stellt. Auf humoristischer Ebene gibt es die herausragende Frage der Antropophagie, jene schmähliche dietätische Untat, deren Fortbestand kein zivilisiertes Volk auf seinem oder auf irgendeinem anderen Boden zustimmen kann. Es sei denn, ihr ritueller oder gar evangelischer Charakter kann bewiesen werden, wie es bei der brasilianischen Menschenfresserei der Fall ist. Und gerade das rettet unsere Ehre.

Der Brauch des Männerfressens bei diesen Frauen wäre durchaus so etwas, geht man davon aus, daß sich wahrscheinlich der Weiberverein aller Dörfer versammelt, um einen einzigen Mann zu essen. In diesem Falle würde jeder nur eine hostiengleich kleine Pille zustehen.

Dennoch wäre der internationale Druck unangenehm, der entstünde, würde die Weltpresse alles aufdecken und über uns herfallen und behaupten, wir seien, ganz davon abgesehen, daß wir aktiv an Ethnozid und Genozid unserer indianischen Väter teilgenommen hätten, auch noch das einzige Volk, das in seinem Schoße einen Stamm verabscheuungswürdiger fleischrünstiger Kannibalinnen birgt.

Auf der Ebene einfacher Verkaufskalkulation stellt sich die Frage *uti possidetis.* Denn gibt es jene Frauen, dann gehörte ihnen der Fluß mit ihrem Namen. Damit lastet eine schwerwiegende Bedrohung auf den Reichtümern der Serra Pelada, der sogenannten Serra dos Carajás, des Schweizer Kantons Jari, des multinationalen Amapa und all dem, was von nun an und bis an das Ende aller Zeiten noch dazukommen wird. Das ist ein sichtlich besorgniserregendes Thema. Man braucht sich nur vorzustellen, in welche Lage wir gebracht werden, wenn sich diese Frauen, sei es mit Washington, sei es mit Moskau, verbünden.

Auch vom programmatischen Standpunkt aus ist die

Angelegenheit nicht weniger schwierig. Wenn sich die unzähligen Indizien bestätigen, würde unvermittelt der jahrhundertealte Traum von Manoa und Cipango[1], das sogenannte Eldorado, Wirklichkeit werden, dessen Ausmaß keine vorsichtige Regierung gleichgültig ließe. Es ist kein Zufall, daß seine Schätze in den Jahrhunderten der Jahrhunderte Gegenstand von Nachforschungen äußerst mächtiger Mächte sind, die dabei Unmengen guter Menschen verbraucht haben.

Wer noch daran zweifelt, möge die folgenden Beweise in Betracht ziehen. Der nüchterne Gabriel Soares[2] hielt es, als er von seiner »Großen Lagune« sprach, für möglich, daß sich dort ebensolche Eldorados befinden könnten. Das gleiche glaubte der sanfte Anchieta[3], der manchmal seine Gebete und Lobgesänge zugunsten weltlicherer Überlegungen über die Möglichkeit, in Brasilien Berge von Gold zu finden, unterbrach. Der englische Korsar Raleigh, Gevatter der Königin Elisabeth, machte Ausflüge in die Guayanas auf der Suche nach Manoa, bevor er gehenkt wurde. Vor ihnen und nach ihnen waren noch viele andere dort; von ihnen berichten Aubrey und Conan Doyle.

Wer wird mir, mit diesem Beweis in der Hand, nicht sagen, daß der Guayanische Krieg darin seinen Ursprung hat? Die Weisheit des Generalstabs ist etwas sehr Ernstes, das ausführlicher berücksichtigt werden will. Es ist

1 *Cipango:* die Goldinsel Marco Polos.

2 *Gabriel Soares de Sousa,* »Tratado descriptivo do Brasil em 1587« (Beschreibendes Traktat über das Brasilien des Jahres 1587). Gemeint ist die geheimnisvolle »Lagoa da Paraupava«.

3 *Anchieta,* José de, 1534–1597. Kam 1553 als Jesuitenpater nach Brasilien und gründete ein Jesuitenkolleg in Piratininga, dem späteren São Paulo. Er schrieb, um die Indios zu missionieren, Theaterstücke in Tupi. Anchieta wird als einer der Begründer der brasilianischen Literatur angesehen.

durchaus möglich, daß sich der Generalstab, die Wünsche des brasilianischen Vaterlands ergründend, durch die moralische Entrüstung über den Kannibalismus wie über die käufliche Gier dazu inspirieren ließ, diesen gerechten Krieg unter absoluter Geheimhaltung zu entfesseln.

Dieses glaube ich, und zwar auf der Grundlage des Wissens darum, daß viele grausame Kriege, die die Geschichte verzeichnet, wegen weit geringerer Risiken von Enteignung und Sittenverfall und wegen viel geringerer Hoffnungen auf wunderbaren Wohlstand geführt wurden.

Der Guayanische Krieg

Der Grund für diesen amazonischen Krieg bereitete der in Guayana stationierten Truppe großes Kopfzerbrechen. Ein klarer, ja viel zu klar durch strengstes Reglement festgelegter Krieg. Desertion und Verbrechen wurden vor Ort von dem Unteroffizier, der als erster den Armen zu fassen bekam, mit einem Revolverschuß in den Nacken bestraft. Der wurde seinerseits zum Offizier befördert. (Ich stelle klar: der Unteroffizier und nicht der Deserteur.) So wurde Pitum Leutnant und hoffte, Hauptmann zu werden. Weil er nämlich, schon als Leutnant, einen weiteren Deserteur gefangen und hingerichtet hatte. Als er verschwand, verhandelte er gerade wegen der Beförderung.

Aber nicht nur exemplarische Strafen halten die Truppe beim Kampf zusammen. Der wichtigste Faktor ist die Tatsache, daß dieser patriotische Krieg auf das lebhafteste von der brasilianischen Bevölkerung unterstützt wird.

Viele Offiziere sind darüber völlig erstaunt, aber so ist es nun einmal. Überall unterhalb des Amazonas werden die Deserteure vom Volk abgelehnt und verurteilt. Und es empfängt nur die Helden zu den üblichen Ehrungen am Tag des Vaterlandes.

»Kriegt einen Orden und ab mit ihm.«

Es scheint fast so, als würde dem brasilianischen Vaterland etwas Entsetzliches passieren, wenn die glorreichen Truppen wieder nach Hause kämen.

»Warum bloß? Göttliche Strafe oder satanisches Verderben?«

Die Armee mag nämlich diesen Krieg nicht so gern, wie sie sollte. Die Soldateska natürlich, denn der Soldat an sich ist nichts. Die Korporale und Feldwebel sind Männer für alles und träumen nur noch von dicken Pfründen. Die Unzufriedenheit grassiert ganz bös unter den Offizieren. Vor allem unter den vielversprechenden höheren Offizieren, die eher in der Lage waren, Brasilien einer großen Zukunft entgegenzuführen.

Pitum kam durch seine Rekrutierung zum SNI durch Major Psiu diesen Machenschaften näher. Während der Ausbildung lernte er, um sie verpfeifen zu können, die Offiziere kennen, die in zwei konspirativen Gruppen steckten. Jene, die Manoa suchten und die Armee zu eigenen Zwecken in Hinblick auf zu erwartende Reichtümer benutzten, und die Castristischen Restaurativen, die nichts weniger anstrebten, als die Feuerkraft in den Süden zu lenken, um Brasilien vor der Korruption, der Schamlosigkeit und dem Kommunismus zu retten.

Die letztere ist die gefährlichere, entdeckte Pitum, wenn auch gleichzeitig die zukunftsträchtigste. Dies stellte er ganz ohne Erstaunen fest, als er Major Psiu hörte, der nur von einer heroischen Rückkehr nach Brasilia träumt, die ihm das verschafft, was er sich im Leben am meisten wünscht: die Kontrolle über das nationale Massenmediensystem.

Wenn die Midasse Aristolinseife und Coca-Cola gut verkaufen – und das wie verrückt –, also, wie ist das dann erst mit ihren Fähigkeiten, gesunde und patriotische Gedanken zu verbreiten?

Er ist davon überzeugt, daß Radio und Fernsehen, wenn sie entsprechend genutzt werden, in zehn Jahren ein ideologisch neues, ein ins reine geschriebenes, geläutertes Brasilien schaffen würden. Heute sieht man nur – sagt er entrüstet –, wie unser Vaterland auf den Untergang zusteuert. Der Inzest wird schamlos unterstützt. Die Päderastie öffentlich gefeiert. Das Lesbentum blüht ohne Maske. Der Ausländerhaß wird durch die Rückkehr zum brizolistischen Nationalismus stimuliert. Johannes[1] wird derartig durch die Pornographie erschüttert, daß er in Tränen ausbricht. Selbst die Heilige Mutter wird verspottet und läßt das Volk Gottes verwaisen. Keine Nation wäre fähig, einen derartigen Aderlaß ihrer Glaubens- und Verstandessubstanz zu ertragen.

Aber Psiu gibt nicht auf: Wenn die Massenmedien gut unter Kontrolle sind – auch wenn sie nebenbei Coca-Cola und Aristolino bestens verkaufen, was aber schließlich eine untergeordnete, wenn auch legitime Nutzung ist –, wird Brasilien mit der Schaffung einer patriotischen, progressiven und gesunden Mentalität gerettet sein. Und da tönt und träumt der Major von seinem geliebten brasilianischen Brasilien, grün-gelb, christlich und männlich – fügt Pitum abschließend hinzu.

1 *brizolistisch:* Anspielung auf die Politik des sozialistischen Gouverneurs des Bundesstaats Rio de Janeiro, Leonel Brizola.
Johannes: Gemeint ist der Papst Johannes XXIII.

Die heimliche Diskussion um die wahren Gründe für den Guayanischen Krieg wird täglich geführt. Jedesmal, wenn sich zwei Offiziere treffen – aber nie mehr als zwei, da niemand aus Eisen ist –, würde jemand, der sich dort versteckt hielte, die unterschiedlichsten Versionen zur Erklärung des Guayanischen Krieges hören.

Für Hauptmann Mameluco ist dieser Krieg psychologisch. Indem die gesamte nationale Aggressivität in einem Abszeß der Fixierung konzentriert wird, kann das brasilianische Volk in Frieden leben. Viele verneinen diese psychologistisch gescholtene Hypothese. Alle geben jedoch zu, daß sich in Brasilien nach Beginn des Krieges das menschliche Zusammenleben erheblich gebessert hat. In den Guayanas wird es nur schlechter.

Viele Bataillone erinnern an einen Haufen Drogenabhängiger der Yankee-Armee in Vietnam.

Für Hauptmann Xipaio[1] ist jeder Krieg kriegerisch und politisch. Dieser hier auch. Sein Zweck sei es, ein außerbrasilianisches feindliches Ziel zu schaffen, das in der Lage ist, die Aufmerksamkeit und das Interesse der Generäle, Admirale und Brigadiers auf sich zu ziehen, die danach lechzen, sich auf den Präsidentensessel zu setzen. Alle Militärs wünschten dermaßen, ziviler Präsident Brasiliens zu sein, daß es unerläßlich war, diesen an Ordensverleihungen und Beförderungen so freigiebigen Krieg zu erfinden.

»Aber was haben die Guayaner damit zu tun?«

Die Oberst Jenizaro zugeschriebene Erklärung ist besser: Dies ist ein strategischer Krieg, sagt er. Sein Ziel ist zu verhindern, daß das an Erdöl so reiche Venezuela – mit der Vereinnahmung der Guayanas – unmäßig wachsen und einen verschlucken würde. Da Brasilien sich nicht traut, noch mehr Land einzunehmen – um nicht unseren

1 *Xipião:* portugiesische Form von Scipio.

schlechten Ruf als expansionistische Nation zu vergrößern –, bleibt es bei diesem Hin und Her. Eines Tages haben die Truppen die Guayanas in der Hand und setzen ihre nationalen Grenzen an den Stränden der Karibik fest.

»Direkt vor der Nase von Fidel, Heilige Mutter Gottes«, sagt Eunuco.

Das ist das wirkliche Ziel, wirft der Kommandant Emir ein: Dies ist ein guter antikommunistischer Krieg. Wenn wir erst mal fest an den Stränden der Karibik sitzen, werden wir den Mut aufbringen, die Insel von Süden zu besetzen, während die Gringos von Norden einfallen. Gemeinsam besiegen wir den Kommunismus und setzen dem kubanischen Despotismus ein Ende. Keiner kann diese Scheißinsel mehr ertragen, mit ihrem halben Dutzend armer Schlucker, die die Afrikas und Asiens befreien.

»Ich mach' mir mit diesen Sachen den Kopf nicht heiß«, sagt Pitum. »Das fehlte gerade noch. Kann ein Leutnant strategische Gründe kennen? Und dazu noch ein Leutnant mit Hauptmannsberufung?«

Obwohl er naiv ist, hat unser Freund beim Militär etwas gelernt. Er hat zumindest gelernt, daß im Soldatenleben aller Fortschritt in der Karriere vom blinden Gehorsam zwei Prinzipien gegenüber abhängt. Dem der Gerontokratie, die bekräftigt, daß alle Macht in der Hand der Ältesten liegt. Und dem der Hierarchie, die stets wiederholt, daß der Höhergestellte immer der Intelligentere ist.

»Ich äußere nie eine Meinung. Ich mag sie nicht einmal gern hören.« Pitum sagt nur das Notwendigste und nur, um immer zu wiederholen, daß ein ausreichender Grund für jeden Krieg der.legal und formal innerhalb der vorgeschriebenen Hierarchie gegebene Befehl ist, den die Truppen erhalten.

»Nun heißt es vorwärts marschieren, Medaillen und Beförderungen sammeln. Darüber reden ist schon der Anfang von Disziplinlosigkeit. Da bin ich auf seiten meines Kommandanten und fange gar nicht erst an.« Er wiederholt immer seine Worte: Eine hierarchische Truppe empfängt Befehle und führt sie aus, so wie sie gegeben werden, solange sie von dem kommen, der dazu die Kompetenz in der direkten Linie der Befehlshierarchie hat.

»So ist es«, stimmt Pitum zu. »So wird es immer sein: Ordnung und Fortschritt!«[1]

Pitum hätte eine glänzende Zukunft in den guayanischen Schlachten gehabt, wäre da nicht dieser verräterische Raub gewesen, dem er an jenem schicksalshaften Tag zum Opfer fiel. Wenn er von Sehnsucht zerfressen daran denkt, folgert er patriotisch: Ein paar Dörfer dieser Frauen als Marketenderinnen für jedes Regiment, das ist genau das, was die Brasilianische Armee braucht, um den Guayanischen Krieg voranzutreiben.

»Das wäre eine große Hilfe.« Da hätten die Klopperei und die Arschfickerei unserer Helden im Krieg ein Ende.

Jetzt, wo Pitum ständig den Frauen von dem erzählt, was sie hören wollen, erscheint er wie ein Intellektueller: Alles stellt er in Frage, vor allem den Krieg.

»Dieser unbeendete Krieg ohne Entscheidung ist völlig irrsinnig. Gott und der Hauptmann mögen dies nicht gehört haben.«

Die Frauen hingegen finden den Krieg herrlich. Sie hören Pitums Spinnereien begeistert zu. Sie finden das Unwahrscheinlichste weder witzig noch zweifeln sie daran. Für sie ist gerade das Unerklärliche das Normalste. Sie verstehen die präventive Strategie des ständigen

1 Wappenspruch im brasilianischen Staatswappen (»Ordem e Progresso«).

Krieges vollkommen, der die bewaffneten Truppen Brasiliens ununterbrochen für nichts und wieder nichts kämpfend im Norden festhält.

»So ist das«, würden sie antworten, fragte man sie. »Krieg ist Krieg.«

Das Heer, das ohne Unterlaß zwischen den Paraden zum Anstecken von Orden an Heldenbrüste und dem Lesen der militärischen Beförderungserlasse angreift und sich zurückzieht.

Die Luftwaffe, die ohne Unterlaß, weil sie keinen Feind zum Angreifen hat, auf ruhige Lagunen Bomben wirft, um nicht mit ihnen wieder zurückzukommen.

Die Marine, die ohne Unterlaß die großen Flüsse in großen Schiffen, die kleineren in Booten, die Bäche mit Kanus hinauffährt. Immer mit Kanonen und Raketen gespickt. So voll, daß sie nicht einmal die Munition für die Infanterie mitführen können.

Ohne Unterlaß marschieren die Infanteristen, fliegen die Flieger, fahren die Marinesoldaten durchs Meer, alle wachsam, immer auf der Hut. Sie suchen den Feind, den es dort und auch woanders nicht gibt. Alle Guayaner haben längst aufgehört zu kämpfen, seitdem klar war, daß die Brasilianer viel mächtiger sind. Und vor allem, weil sie gemerkt haben, daß ihnen mit dem Brasilianer nichts passiert: Er gibt alle eingenommenen Städte wieder zurück, läßt alle Kriegsgefangenen wieder frei. Weder Guayaner noch Amazonasvenezolaner wollen weiter Krieg spielen. Der völlig unerwartete friedliche Widerstand läßt den Krieg scheitern.

»Ja, wer kann denn ohne eine Gegenüberstellung der Truppen und ohne ein materielles Eroberungsziel einen Krieg führen?« fragt der Marschall. »So wie es aussieht, scheint der Guayanische Krieg nur dazu da zu sein, das nationale Kriegsmaterial zu testen, zu verbrauchen und zu erneuern. Er dient außerdem dazu, die Truppe trainiert und kriegsgewohnt zu erhalten. Er dient schließlich dazu, echte Militärkarrieren zu ermöglichen, die im Kriegsgetümmel und nicht beim Exerzieren gemacht werden. Das ist nicht wenig, nebenbei bemerkt.«

»Ein ganzer Millionenkrieg kann nur dazu geführt werden?« fragt sich der undisziplinierte Pitum in den Gesprächen mit den Frauen. Sie finden es nur befremdlich, daß der Leutnant – der Krieger ist oder sich so nennt – das nicht begreift. Sie sehen darin ihr hartes Urteil bestätigt, daß Pitum wirklich schwul, schlapp und feige ist.

Unter uns gesagt, lieber Leser, haben sie aus ihrer Sicht völlig recht. Der Krieg ist für sie Selbstzweck. Als solcher ist er immer edel und gerecht. Tatsächlich ist die Ausübung des Krieges das, was ihr Leben lebenswert macht. Ohne Krieg wären sie Äffinnen, die sich nur ums Essen kümmern. Wie unsere pensionierten Krieger: Sie schrumpfen zusammen.

Der Leser möge verstehen, daß ihr Lebenssystem zwangsläufig diese Ideologie hervorruft, genau wie unseres zu den höchsten Gedanken führt. Für sie ist der Krieg Ehre und Sport. Es ist ihre fröhliche Art, Männer zu fangen, die für die Fortpflanzung geeignet scheinen. Als sexuelle Operation kann man diesen sportlichen Krieg außer spielerisch auch noch erotisch nennen.

Meiner Meinung nach sollte Pitum froh sein, als Teilnehmer an einem orgiastischen Krieg hier zu leben. Schließlich nimmt man vom Leben nur das mit, was man mitnimmt. Sein Dienst ist leichter als im Regiment, viel lustiger.

Fröhlich und glücklich müßte er auch sein, weil er zeugen wird und dabei ist, ein Mulattenvolk von Cafuzo-Kriegerinnen zu zeugen, die herrlich hitzig und tapfer sind. Ich könnte mir denken, daß Pitum dieses Leben sogar mögen könnte, wenn er wüßte, es dauerte fort; daß er jahrelang hier leben würde, um all seine Töchter und später Enkelinnen, ihre Töchter, aufzuziehen. Später wird er davon sogar träumen!

»Aber das ist ja das Unmögliche! Wie soll ich es erreichen, mein Gott?« Wenn der nächtliche Beischlaf beendet ist, überlegt Pitum vor dem Einschlafen: »Wie kann ich die geheime und fatale Verordnung widerrufen, die jeden Vater zum Tode verurteilt! Bin ich denn ein Skorpionmännchen oder eine Drohne, die nach Begattung sterben muß? Wer rettet mich vor dem Ibirapema? Wer rettet mich vor den drei Grillspießen?«

Den ganzen Nachmittag verfällt Pitum in schrecklichste Traurigkeit, wenn er nur daran denkt, daß er auf dem Rost gebraten zu einem sicherlich leckeren Brüllaffen wird:

»Wer wird mich essen? Alle? Oder nur die, die ich geschwängert habe?« Es kann genauso anders herum sein, lieber Leser – nicht, daß er sie ißt –, sondern, daß die nicht Geschwängerten sein Fleisch vernaschen. Aus Verachtung.

»Wie viele Dörfer sind noch übrig? Gibt es eine zweite Runde, um die unfruchtbaren Weiber zu befruchten? Was wird aus mir?«

Das sanfte Ufer

Pitum frohlockte: »Ich bin entkommen.« Er glaubt, daß seine Rettung ein Wunder des Gottes der Christenheit ist. Ein wirklich wunderbares Wunder: wunderwunderbarst.

»Ich bin den Weibern entkommen. Entkommen! Ich bin frei: völlig frei.«

Dann kommt er zu sich: Das hier ist überhaupt kein Wunder. Was er daran gut findet – bestens sogar –, ist, daß er nun keine Gefahr mehr läuft, getötet, gebraten, gekaut, geschluckt: gegessen zu werden.

»Davon habe ich mich befreit. Davon verrückt zu werden, nein. Noch nicht.«

Pitum trägt schwer daran, einzusehen, daß er, solange er lebt, sich wilden Indios, Verrückten oder dem, was sonst noch so auftauchen wird, stellen muß.

»Aber lebe ich tatsächlich? Bin ich wirklich lebendig? Wer weiß?«

Nur einer Sache ist er sicher, über eines freut er sich: Er lebt jetzt bei einem Stamm merkwürdiger, angetörnter, aber ausgeglichener Menschen: bei Normalen. In einer Gemeinschaft bisexuell gepaarter Männer und Frauen, die gemeinsam ihre Kinder, Mädchen und Jungen, fröhlich, lachend aufziehen.

Diese Indios sind Urwald-Engländer. Sie leben in ihren Clubs, wohnen dort, schlafen, entlausen sich und schwätzen. Die Frauen sehen sie tagsüber auf dem Platz, abends beim Abendessen oder sonstwo im Wald zu jeder Tageszeit zu anderen unaussprechlichen Taten. Äußerst merkwürdig sind sie, aber normal: heterosexuell. Sie sehen dunkel, etwas rötlich aus, haben wohlgeformte Gesichter und Nasen, sind gut gewachsen. Keiner ist beschnitten. Sie laufen nackt herum, ohne irgendwelche Bekleidung. Es ist ihnen ebenso gleichgültig, die Scham unbedeckt zu haben wie ihr Gesicht. Darin sind sie ganz unschuldig.

Ihr Haar hängt glatt herab. Die Männer sind geschoren, halb geschoren, so daß sie eine Glatze haben, was ihnen ein witziges senatorenhaftes Aussehen verleiht. Männer und Frauen sind farblich viergeteilt, das heißt, die eine Hälfte des Körpers in der eigenen Farbe, die andere blauschwarz; einige sind mit Scharlachrot viergeteilt.

Das wichtigste für Pitum ist, daß er ihnen entkommen ist. Von wegen entkommen! Sie selber haben ihn freigelassen: ausgestoßen.

»Was geht mich das an? Ich will nur Abstand von ihnen. Da will ich nie wieder einen Fuß hinsetzen. Keine will ich je wiedersehen. Hübsch waren sie ja. Sogar ganz toll. Aber am besten bleiben sie da in ihrer Welt und ich in dieser oder irgendeiner anderen. Hauptsache nicht in ihrer! Kannibalinnen!«

Er leidet ein bißchen darunter, daß die Weiber ihn allmählich widerwärtig gefunden hatten. Sie wollten ihn nicht mehr. Nicht nur als Erzeuger, sondern auch als Fleisch zum Essen taugte er nicht mehr. Warum? Sicher haben sie Pitum ausgestoßen wie jene Paulistaner Tupis[1] den hosenscheißenden Deutschen rausgeworfen haben. Angeekelt von so viel Feigheit... Diesen ungeschliffenen weißen Kerl wollten sie nicht einmal probieren. Ihn, den jungen Schwarzen, auch nicht: Sie haben ihn abgelehnt!

»Die hatten mich über, die Schamlosen.«

Pitum sollte zufrieden sein. Aber nein. Irgend etwas tief in seinem Herzen akzeptiert diese völlige Ablehnung nicht, ja, er fühlt sich dadurch beleidigt. Inkonsequent wie er ist, findet er, die Weiber hätten ihn doch zumindest töten müssen.

»Aber nein: Abgelehnt haben sie mich, ausgestoßen. Ohne Vorwarnung rausgeworfen.« Dann tröstet er sich wieder: »Heilige Schlappschwänzigkeit, sie war es, die mich davor bewahrt hat, von diesen Teufelsweibern zerstückelt, gekaut und geschluckt zu werden.«

Der Leser weiß, wie Schwarze sich zieren. Die wahrhaftige Wahrheit ist, daß er dieses Leben voller Gefahren nicht mehr aushielt. Er hatte das gute Essen und die von Amts wegen unterschiedlichen Weiber – was ja eigentlich nicht schlecht war – satt. Der Preis war zu hoch: Ständig mit dem Risiko leben, zerfleischt und gegessen zu werden. Wer hält das schon aus?

Sehr viele berühmte Männer wurden zerfleischt und gegessen. Einschließlich eines Bischofs – des ersten in Brasilien –, was, da es ein Sakrileg ist, das Opfer noch würdiger macht. Aber von keinem – außer von sehr arglosen, naiven Indios – wurde je behauptet, daß er gegessen wer-

1 *Paulista:* Bewohner São Paulos.

den wollte oder sich zumindest damit abgefunden hätte. Keiner der Zivilisierten.

»Ich noch viel weniger«, denkt Pitum.

Die Flucht oder Verstoßung Pitums war ebenso entehrend, plötzlich und abenteuerlich wie seine Ankunft in der Welt der Frauen. Er war mit einer Gruppe von ihnen auf Reisen und vermutete, er würde in ein anderes Dorf kommen, um dort seinen Fortpflanzungsdienst zu versehen, als alles geschah. Sie gingen in ihrem gewöhnlichen, geschmeidigen, festen Schritt guter Geherinnen schon den dritten Tag, ohne daß sich etwas ereignet hätte. Er reiste sogar ganz zufrieden: Zwei Nächte lang hatte er, ohne eine Frau zu bedienen, herrlich geschlafen. Da geschah das Unerwartete: ganz plötzlich.

Es war Mittag, wie beim letzten Mal. Sie waren an das Ufer eines großen Flusses gekommen, als sich aus dem Wasser ein dampfender weißer Nebel erhob. Plötzlich wurde der Nebel dichter, und die Feuchtigkeit, die aufstieg, war schon zu tropfendem Regen geworden. Da erkannte Pitum ihn wieder: »Das ist der Vorhang.«

Der weiße Vorhang stieg dort steil auf, verschloß die Welt, vernebelte alles. Als er noch fassungslos dastand, hörte er den Schrei einer der Frauen: »Lauf!« Im selben Augenblick fühlte er, wie er gestoßen wurde, und lief mit ihr schnell am Steilufer des Flusses eng am Vorhang entlang. Die Frau blieb unerwartet stehen, und auch er hielt, stieß mit ihr zusammen.

Als er durch den Vorhang blickte, sah er mitten im Nebel zwei entsetzt guckende Indios stehen. Mit ihren Bogen und Pfeilen in der Hand standen sie da, elegant, ebenso an den Leibern wie an den Beinen schwarz angemalt, mit Rot unterteilt.

Kaum kreuzten sich Pitums und ihre Blicke, da geschah

es. Er erhielt einen Stoß und flog durch die Luft. Aber anstatt ins Wasser zu fallen, wie er erwartet hatte, kugelte er auf dem anderen Ufer ins Unkraut.

Als er aufstand und seine Kalebassenfrisur ordnete, die voller Gras war, bemerkte er, daß er sich an der Stelle befand, an der auf dem anderen Ufer die Indios gestanden hatten. Der Beweis war, daß er neben sich auf dem Boden einen Jamaxim mit einem toten Kaninchen und zwei Holzstückchen zum Feuermachen liegen sah. Von den zwei Indios keine Spur. Sie waren verschwunden.

Als sich sein wild schlagendes Herz beruhigt hatte, stand er unsicher auf, um etwas umherzulaufen, zu gukken, zu entschlüsseln. Zunächst ging er am Rand des hohen Waldes entlang, der eine Seite abschloß. Dann in entgegengesetzter Richtung am Fluß entlang, der ruhig dahinströmte, ganz natürlich.

»Kehre ich in meine Welt zurück? Auf meine Seite? An mein Ufer?«

Als er keine Gefahr noch sonst jemanden sah, kehrte er zum Ausgangspunkt zurück, nahm die Habseligkeiten der Indios und verbrachte den Nachmittag damit, das Kaninchen auf dem knisternden Feuerchen zu braten, das er aus schlechtem Holz gemacht und mit den Feuerhölzern angezündet hatte. Er aß langsam, dachte nach und überlegte: »Meine Vollpension mit Kost und Logis hat aufgehört. Das Hängemattenbett mit der Frau jede Nacht. Die Diät aus gebratenen Brüllaffen. Das gute, billige Leben. Was wird aus mir?« fragte er sich.

»Gebe Gott, daß dies das sanfte Ufer ist!«

Am nächsten Tag machte Pitum eine größere Runde und drang ein Stück in den Wald ein. Er wollte irgendwo hingehen, hatte aber Angst, wieder dahin zu gelangen, wo er hergekommen war. »Wohin soll ich gehen?« Alle Richtungen standen ihm offen, boten sich an. Aber kein Weg öffnete sich ihm irgendwohin.

»Wo mein Regiment wohl ist?«

Pitum trödelte dort zerstreut herum, verdaute einen Kaninchenrest und überlegte, ob er baden sollte, als er überfallen und festgehalten wurde. Er erschrak fürchterlich. Alles, was in der letzten Zeit passierte, war unerwartet, plötzlich und fatal: schicksalhaft. Hier auch. Ohne weitere Vorwarnung wurde er von einem Menschenhaufen umgeworfen und erdrückt. Sie fielen über ihn her und umklammerten ihn fest.

»Verflucht noch mal, laßt mich los!« schrie er.

In dem Durcheinander konnte er nur sehen, daß es keine Frauen waren. Es waren mit Pfeil und Bogen bewaffnete Männer, deren Brust, Rücken und Hüften rot gefärbt waren. Einer trug im Nacken eine Art dicke, feste Perücke aus gelben Federn. Bei allen war die Unterlippe durchbohrt, und in der Öffnung steckte ein knöcherner, nagelförmiger Lippenpflock, und durch diese Löcher pfiffen sie.

»Was für eine Teufelsrasse ist denn das hier?« fragte er sich.

Auf dem Körper, den Armen und Beinen Pitums sitzend, begannen da die Indios ein Kreuzverhör in ihrer Sprache, von dem der Schwarze kein Wort verstand. Rein gar nichts. Er begriff erst, was sie wollten, als sie den Jamaxim nahmen, auf die beiden Holzstücke zum Feuermachen zeigten und wütende Fragen schrien. Verschreckt antwortete Pitum auf Portugiesisch und in der Sprache der Frauen.

»Sie waren es, die Halbbrüstigen«, sagte er. »Die ohne Männer haben die beiden mitgenommen. Sicherlich haben sie den einen gegessen und der andere ersetzt mich. Der ist jetzt der Zuchthengst des Weibervereins.«

Da die Indios nichts verstanden, hörten sie schließlich mit diesem unsinnigen Dialog auf. Sie hoben Pitum vom Boden und nahmen ihn schubsend mit in den hohen Wald und durch ihn hindurch auf einem Pfad, den sie öffneten, indem sie mit den Händen die Zweige wegbogen.

»Wohin geht's bloß, mein Gott! Wohin schleppen mich diese Wilden?«

Der Leser möge sich in seine Lage versetzen. Das ist kein Spaß. Der Schwarze wollte sagen, daß er Leutnant ist, Hauptmannsaspirant der Brasilianischen Armee. Er wollte vielleicht um Kriegsgefangenenbehandlung bitten. Aber er erhielt nur Nackenschläge und Fausthiebe, damit er schneller ginge, nicht stolperte, nicht störte, den Mund hielte.

So gingen sie, ohne zu essen, den Rest des Tages, bis sie zu den Feldern des Dorfes kamen. Dort entdeckte Pitum beruhigt, daß er nicht im Land der Männer der Frauen gelandet war. Von allen Seiten kamen Frauen und Mädchen, die ihn umringten und neugierig ansahen. Zwischen ihnen zwei weiße Frauen, umgeben von einer Unmenge lächelnder Knirpse mit den schelmischsten Gesichtern, die sich riesig freuten, einen so schön schwarz bemalten Kerl zu sehen. Durch die Vermittlung der beiden Weißen hat sich Pitum dann verständigt. Durch sie, durch ihre Hilfe, war er gerettet und verloren.

»Frauen bringen mir nur Unglück«, würde Pitum sich beim Leser beklagen, wenn er wüßte, wie es weitergehen sollte.

Die Nonnen

Als er die baumwollbekleideten weißen Frauen sah, glaubte sich Pitum gerettet. Sie waren die Rettung selber. In den Gesichtern der beiden frommen Missionarinnen stand: Sie werden mich retten! Als er nähergekommen war, schrie er:

»He, ihr Frauen! Hilfe! Rettet mich, die Kerle bringen mich um.«

Die beiden Frauen guckten völlig entgeistert. Sicherlich hatten sie bislang gedacht, daß er irgendein schwarz angemalter Indio sei, den die anderen mitgebracht hatten. Durch seine Sprache identifizierten sie ihn:

»Er ist schwarz. Aber auch Brasilianer: zivilisiert.« Sie sahen einander entsetzt an.

Erst da sah Pitum, daß er nackt war: Als die eine sich äußerst ärgerlich näherte, ihre Schürze abband und sie ihm mit einer Geste reichte, die besagte, sie sei dazu da, seine Scham zu bedecken. Mit Schürze, aber nacktem Hintern, hüpfte er weiterhin verwirrt hin und her.

So wurde er zum Tuxaua Caliban gebracht, der ihn lange untersuchte. Erst mit den Augen, dann mit den Fingern, die seinen Körper abtasteten, den Mund und alle anderen Löcher ausstocherte, als wollte er einen Rubin finden.

Da griff die junge Nonne ein, sprach mit dem Häuptling und dann mit Pitum, der sich ihr salutierend vorstellte:

»Erster Leutnant Gasparino Carvalhal der Glorreichen Brasilianischen Armee. Zu ihren Diensten, meine Damen, aber um Hilfe bittend.«

In einem schnellen Verhör stellte die Nonne fest, daß er das verschreckte Opfer einer Reihe von Wirrnissen war, die sie nicht recht verstand. Dennoch verteidigte sie den Schwarzen, indem sie Caliban sagte, daß er keine Schuld an dem Verschwinden der beiden Indios trage. Sie fügte sogar aus eigenem Antrieb hinzu, daß er möglicherweise Gefangener eben der Leute gewesen sei, die die beiden Stammesbrüder geraubt hätten. Der Häuptling antwortete mit der Frage, ob er von ihrem Stamm sei, worauf sie beschämt gestanden, daß Pitum, obwohl er ein Mann, schwarz und nackt sei, zu ihren Leuten gehöre: brasilianischer Landsmann.

Schwierig war der Umgang mit den Indios, die ihn gefangen hatten. Sie wollten nicht einsehen, daß er unschuldig sei. Sie packten den Schwarzen an den Armen und zerrten heftig. Pitum wehrte sich mutig, denn er ahnte, daß sie ihn braten würden. Die Nonnen halfen. Es war ein heilloses Durcheinander.

»Diese Heiden wollen mein Ende, ihr Frauen! Hilfe!«

Schließlich beruhigte Caliban sie und informierte sich mit Muße mittels der Frauen über alles, was geschehen war. Zuerst wollte er von Pitum wissen, ob die beiden Galibi-Indios gegen ihn ausgetauscht worden waren. Er machte sofort klar, daß sie einem Tausch nicht zustimmen würden. Die Nonnen standen dafür ein, daß dies nicht so sei. In diesem Augenblick ließen sie sich sogar einfallen, er habe sie seit langem gesucht, als er gefangengenommen wurde.

»Heilig mögen sie sein, aber sie lügen«, stellte Pitum fest.

Am Ende des Tages wurde die Version zur Wahrheit. Für Pitum blieb es dabei, daß die Grundlage der ganzen Geschichte war, daß er vor diesem Menschenräuberstamm geflohen war, um zu den Nonnen zu kommen. Damit war die Lage bereinigt, aber sie wurde auch kompliziert. Die Indios wollten nun wissen, was das zum Teufel für ein Stamm sei, von dem sie noch nie etwas gehört hätten. Sie forderten, daß Pitum sie dorthin führen sollte, damit sie ihre Kameraden befreien. Der Schwarze konnte dies nur vermeiden, indem er sich lächerlich machte:

»Nein, ihr Nonnen, ich bin zwar Soldat, aber kampfbesessen bin ich wirklich nicht, bewahrt mich davor!« Sie entschuldigten ihn bei den Indios damit, daß er ein gequetschtes Bein habe, das ihm sehr weh täte. Pitum humpelte von da an.

Als die Männer sich zu zerstreuen begannen und Pitum sich endlich gerettet wähnte, übergab ihn Caliban einer Gruppe von Frauen und Kindern, die daneben gestanden und an allem mit lautem Geschrei teilgenommen hatten. Als er nun erneut festgehalten wurde, erschrak der Schwarze, er sah, wie der Alte über ihm die Geste des Pilatus machte.

»Er wusch seine Hände und überantwortete mich. Was wird aus mir, ihr Frauen? Hilfe, steht mir bei!« schrie er in seiner Angst, als er unter einem Riesenspektakel weggeführt wurde. Die Indios lachten. Sie machten sich über Pitums Feigheit lustig.

So geriet er aus den Händen der Männer in die der Frauen. Umgeben von ihnen wurde er wer-weiß-wohin geschleppt. Es stellte sich schließlich heraus, daß es das Ufer einer Lagune war. Da kam dann wieder die bekannte Marter: Sie untersuchten seinen ganzen Körper, diesmal noch eingehender. Sie griffen nach den Eiern, wogen sie, schoben die Vorhaut zurück, um sie genau zu untersuchen, und kommentierten alles, als handelte es sich um den Pimmel eines Tieres. Zum Glück hatte er kein Schamhaar mehr, das er verlieren konnte, aber das Fehlen wurde bemerkt, bemängelt.

Die anatomischen Studien endeten mit dem Bade und der Wiederholung der Qual: Sie rubbelten die Haut mit Sand ab, um sie heller zu machen, und zogen kräftig am Kraushaar.

Als Pitum zurück ins Dorf kam, war er wieder nackt. Die Schürze war verschwunden. Dort kam nun eine der Frauen, die ältere – eben die Uxa, die später eine so gute Freundin wurde –, auf ihn zu und sagte streng, er könne nicht so splitternackt im Dorf herumlaufen. Pitum regte sich auf:

»Wieso denn nicht? Diese Indios sind alle nackt! Oder sind sie etwa angezogen?«

Er erfuhr jetzt, daß die Wilden auch nackt völlig angezogen sind. Er sah, daß die Haut der Schwanzspitze eines jeden Mannes mit einem Bändchen festgebunden war, so daß das Rohr nach innen gerutscht, versteckt war. So arrangiert sieht der Pimmel wie ein Kinderschnuller aus, und der Sack wird hinter den wenigen Schamhaaren größer.

Er sah auch, daß die Frauen auf ihre Art bekleidet waren. Sie trugen an den Teilen einen Uluri, den kleinsten Bikini der Welt. Das ist ein winziges Strohdreieck von nicht mehr als drei Zentimeter Seitenlänge, das an einer um den Popo gebundenen Schnur hängt und an einem kleinen Schwänzchen an den Hinterbacken festgemacht ist. Obwohl er so winzig ist und nichts verbirgt, ist der Uluri zweifellos ein Kleidungsstück. Ohne ihn fühlen sich die Indias unwohl, wie ausgezogen: entblößt. Der Uluri ist vor allem auch deshalb Kleidung, weil kein Mann das Ding auch nur mit dem Finger berührt: Das gibt Mordsunglück. Diese Indios sind fast zu einfallsreich! Mit diesem drolligen Ding aus Palmblättern erfinden sie den Keuschheitsgürtel wieder, oder wie das noch heißt.

»Eine Frau gibt nur, wenn sie will«, folgert Pitum, begeistert von der indianischen Koketterie.

Gegen Pitums Nacktheit gab es ein unerwartetes Mittel. Das passierte gleich nach dem Anpfiff, den er von Uxa bekommen hatte. Als er ihr hocherbostes Gesicht sah, fragte der Tuxaua Caliban, was denn los sei. Der Schwarze sah, wie die beiden Weißen und der Indiohäuptling die Köpfe zu einem intensiven Palaver zusammensteckten, auf das ein weiterer Schreck folgte: Caliban packte ihn und führte ihn weg; wohin, wußte er nicht.

Da ging der Schwarze unwillig mit, ohne noch Kraft zum Widerstand zu haben. Der Häuptling ging hinterher, sich vor Lachen ausschüttend. Lachend trat er mit Pitum ins zentrale Großhaus ein, das der Männerclub des Dorfes war: das Männerhaus. Vor der Tür wurde Pitum von Axĩ begrüßt, der ihn schon gegen seine Peiniger verteidigt hatte. Jetzt überreichte Axĩ Pitum zwei Papageien und bedeutete ihm durch Gesten, er solle sprechen lernen.

Vollends beruhigte sich Pitum erst, als der Tuxaua in das Haus kam und unter seiner Hängematte ein Büschel überreifer Bananen hervorzog, um sie ihm anzubieten. Nachdem der Heißhunger, den er gar nicht bemerkt hatte, gestillt war, wurde Pitum ruhig, entspannte sich, lächelte sogar, während die Indiojungen sich freundlich vorbeugten, um ihn zu begrüßen.

Mit ihnen zusammen ging Pitum durchs Großhaus, sah die Masken heiliger Tiere an den Querbalken hängen, die einundzwanzig Flöten aus Palmenholz, einige sehr lang, andere kurz, einige schlangenförmig, die in einer Art Schrein aufgereiht standen. Die Masken und Flöten strahlten das Geheimnis sakraler, genitaler Dinge aus, die den Schwarzen zittern machten, als er sie wahrnahm. Er spürte, daß er sich in einer Art Tempel der Männlichkeit befand, in den weder Frauen noch Kinder, ohne ihn unwiederbringlich zu entweihen, je eintreten.

Ein alter Indio mit dem Gesicht eines Küsters sah ihn haßerfüllt an. Dies allein stach von der herzlichen Fröhlichkeit aller ab.

Zu einem bestimmten Zeitpunkt wurde Pitum in die Mitte des Großhauses gebracht. Umgeben von Männern, begann man ihn zu schmücken; auf seinen Kopf legten sie einen sonnengelben Federbusch, um seine Taille, die Arme und Beine auffallende Schmuckstücke. Unser Schwarzer wurde prächtig in seiner federgeschmückten Nacktheit.

Irgendwann kam Caliba ebenfalls über und über bemalt und geschmückt zurück; in der Hand trug er einen Bogen und ein Bündel ritueller Pfeile. Er machte vor Pitum einige hüpfende Tanzschritte und übergab ihm die Waffen. Dann stellte er sich direkt vor ihm auf und begann, steif aufgerichtet, eine eindringliche Rede zu halten. Plötzlich beugte er sich herab und ergriff im selben Augenblick Pitums Stange. Pitum bekam einen fürchterlichen Schreck.

»Will dieser Hahnrei mich kastrieren?« fragte er sich ängstlich. Er wollte sich befreien, konnte es aber nicht, da ihn die jungen Männer, die ihn an den Schultern gepackt hielten, lähmten. Der Tuxaua nahm wieder Pitums Stange, zog die Haut nach vorn, gab sie einem Indio zum Festhalten und band dann mit den freien Händen einen Knoten – eben den Schamknoten – und sagte dazu weiß-ich-was in der Galibi-Sprache.

Da beruhigte sich Pitum – nunmehr mit ordnungsgemäß eingefahrener Stange –, als er sah, daß alle Männer herzlich lächelten. Sorglos ging er mit ihnen im Großhaus herum, um von allen Gruppen, die es dort gab, empfangen zu werden. In jeder Gruppe setzte er sich in eine Hängematte, umringt und umgeben von einem Haufen Männern, die sich an ihn anlehnten und Schultern und Rücken an ihm rieben. Pitum fragte sich:

»Sind diese Indios schwul? Was für Prüfungen sind das hier? Der Welt der Mannweiber entkommen, um in einer Welt von Tunten zu landen?« fürchtete Pitum schreckensstarr.

Später sah er, daß dem nicht so war. Der Leser wird wissen, daß diese Reiberei bei den Indios üblich ist. Sie mögen einfach zu gern, ihre Körper aneinander zu scheuern. Aber darin liegt kein Arg. Weiter geht es nicht. Normalerweise nicht.

Am nächsten Tag gewöhnte sich Pitum an sein neues Indiodasein. Er lebte immer dort im Männerhaus und drehte seine Runden durch die Hütten des Dorfes, die es umgaben.

So wurde er in die guten und die schlechten Angewohnheiten der Indios eingeweiht, nahm einige an, lehnte andere ab. Darunter die Laster des Paricá und des Caapi. Paricá ist eine Art Schnupftabak, den die Indios schnupfen oder sich gegenseitig mit einem Knochenröhrchen in die Nasenlöcher blasen. Caapi ist ein teuflisch bitterer Brei. Beide machen völlig high, aber Caapi erzeugt echt

Halluzinationen. Für die Nonnen ist das Teufelszeug. Sie sind sich dessen sicher, denn die Indios erzählen, daß die Pflanzen, aus denen sie beides machen, sprechen. Die Paricá-Pflanze weint wie ein Kind, wenn man sie pflückt. Wenn man die Rinde für das Caapi loslöst, lacht der Baum schallend.

Immer ist der eine oder andere Indio da in der Hütte sabbernd und vor sich hinglotzend auf dem Trip. Wenn sie high sind, machen sie die einzigen Jagdzüge, die zu erzählen es sich lohnt, bei denen sie mit weisen Tieren sprechen und die Geheimnisse der Welt erfahren. Manchmal begeben sie sich aber auch auf eine Unglücksreise, die Stunden fürchterlichen Horrors und Tage unsäglicher Angst kostet.

Das Paricá schnupfen sie. Das Caapi trinken sie. Wenn man einen so dicken Brei trinken kann. Pitum, den schon der Staub von Paricá in der Luft zum Niesen brachte, wollte von einer Paricáprise nichts wissen. Das Caapi hat er auf der Zungenspitze probiert und, vor Ekel sich erbrechend, abgelehnt. Das ist was Bitteres für echte Männer, die noch nie Honig probiert haben.

Im Männerhaus verbrachte Pitum seinen ersten Nachmittag mit diskreter Juckerei. Schmerzlich stumm, weil er nichts sagen konnte, aber lächelnd. Froh darüber, daß niemand so aussah, als wollte er ihn essen. Als es Abend wurde, ging er mit allen Männern des Großhauses hinaus, setzte sich mit ihnen zusammen, um die Sonne untergehen zu sehen und das zu essen, was die Indias brachten.

»Das Essen dieser Indios ist gut, vielseitig, lecker. Es ist sogar Salz dran. Bitteres Salz allerdings, aber es salzt«, sagte er zu der jüngeren Nonne.

Erst da erfuhr er von Tivi selber, die hinter ihm hockte und ihm zu essen gab, was geschehen war. Dieses ganze Indiofest war veranstaltet worden, um ihn zu Tuxaua

Calibans Gefolgsmann zu machen. Das heißt Soldat, sein Bursche, der verpflichtet war, ihm in jeden Krieg, den er erklären würde, zu folgen.

In dieser Nacht schlief Pitum in der Hängematte, die sie ihm im Club gegeben hatten. Er schnarchte ruhig und schlief herrlich ohne die physische und nervliche Erschöpfung, in der er auf der Schlangenfarm der Einbrüstigen gelebt hatte. Am Tag darauf sprach er lange mit den Nonnen.

So begannen die Überraschungen und Wirrnisse – vielmehr sie gingen weiter –, in die die drei Vertreter der Christenheit und der Zivilisation inmitten des Indianertums verwickelt wurden.

Der Hauptgrund des Streites mit den Nonnen ergab sich aus ihrem strengen Einspruch gegen seine Heirat. Sie ließen es nicht zu, daß er die India nahm, die ihm der Tuxaua zum Geschenk gemacht hatte.

»Auf gar keinen Fall«, sagten sie.

Das Mädchen war schon ausgesucht, und der Schwarze brannte vor Begeisterung, als sie ihm Rixca zeigten: Ein hübsches, junges, liebes Ding mit tiefschwarzem Haar, das in dünnen Zöpfen über ihren Rücken fällt. Aber sie ist die Lieblingsindia der Missionarinnen. Sie ist reizend, ja bezaubernd mit ihrer runden, wohlgeformten Scham (die sie nicht hat) und so viel bloßgelegter Unschuld, daß viele Mädchen aus Rio, könnten sie sie sehen, sich schämen würden, nicht auch so eine wie sie zu sein. Sie lief anmutig herum, einen Schenkel bis zur Hüfte und die ganze Hinterbacke mit jener grünschwarzen Farbe bemalt, und der Rest des Körpers in seiner natürlichen Farbe, in hellem Honigbraun.

Dies ist ein Teil der Anstandsregeln der Galibi. Pitum muß verheiratet werden, denn ein Indio begreift nicht, wie ein Mann ohne eine Frau, die ihm Essen und Liebe gibt, im Dorf frei herumlaufen kann. Pitum fand das großartig: das Mädchen ebenso wie den Brauch. Aber er mußte sich zurückhalten, der verdrießlichen Hartnäckigkeit der Nonnen Folge leisten. Ihrer Erklärung nach war es aus einem moralischen Gebot heraus unvermeidlich, von dieser Heirat abzusehen: Es sei weder ehrenhaft noch schicklich, daß ein Zivilisierter Indio würde.

»Aber warum nicht, ich habe doch kein Keuschheitsgelübde abgelegt?«

Sie ließen nicht locker: Warum Indio werden, willst du dich lächerlich machen? Glaubst du, du würdest in den Wald zum Jagen und Fischen gehen wie ein Indio? Hast du schon mal überlegt, was das heißt, den Amazonasurwald zu fällen, um gerodete Felder anzulegen? Bist du überhaupt dazu fähig? Du wirst dich lächerlich machen. Dann verlierst du deine Ehre und die Frau dazu.

Durch die massive Argumentation ganz benommen, gerät Pitum, ohne zu begreifen, warum sie sich so einsetzen, völlig durcheinander.

»Ob das so eine Spezialität der evangelischen Sekten ist?« fragt er sich. »Nur sie sind dermaßen intolerant!«

»Die Damen sind Protestantinnen, nicht wahr?«

»Na und? Ich gehöre der Pfingstkirche an. Sie ist sogar katholisch«, antwortet die alte Uxa aggressiv. Pitum weicht zurück, gibt aber nicht auf.

»Ich bin doch nicht einmal Christ. Ich gehöre zu Oxumaré. Warum kann ein brasilianischer Schwarzer keine India heiraten?«

Sie reagierten mit so heftiger Abscheu, daß Pitum fand, er sei zu weit gegangen. Um sich nicht lächerlich zu machen, ging er ins Männerhaus zurück.

Er fühlt sich bei den Indios wohler als bei den Nonnen, wenn sie es darauf anlegen, sich einzumischen. Anfangs machte die Sprachbarriere das Zusammenleben mit den Indios schwierig. Später und fortan immer war es heute die dumpfe Feindseligkeit Cunhãmbebes, des Hexers, der seine Anwesenheit nicht ertrug. Jedesmal, wenn sich ihre Blicke kreuzten, sprühten Funken. Er verschließt sein Gesicht, taucht in sein Schweigen und rasselt heimlich mit dem Maracá, den er immer in der Hand hat. Pitum versucht herauszubekommen, ob das Schlagen nur Feindseligkeit, Verwünschungen oder Zauberei bedeutet. Er kreuzt die Finger beider Hände und klopft auf Holz, um sich vor irgendeinem Unglück zu bewahren.

Cunhãmbebe hängt seine Hängematte vor den Masken und Flöten auf. Dort lebt er verwoben in seiner langen Trance. Hin und wieder nimmt er eine Maske, streicht sie zärtlich glatt, als würde er etwas Lebendiges anfassen, und hängt sie dann ehrfürchtig wieder an ihren Platz. Den ganzen Nachmittag zelebriert er singend und die Maracá schüttelnd im Männerhaus. Fast immer allein, aber die ganze Männerhorde stimmt mit ein, wenn er zu schreien anfängt, und dann spürt man in der Luft die drohenden Mamaés – Geister. Er macht seine Beschwörungen nur außerhalb des Großhauses, wenn man ihm irgendeine Frau oder ein Kind zur Behandlung in den Hof bringt. Er heilt, indem er die Tiere heraussaugt, die die Krankheit verursachen, oder indem er Rauch bläst, um die bösen Geister zu vertreiben.

Pitum erkannte gleich bei seiner Ankunft in Galibia, daß die Häuser hier wie dort riesige feste Körbe, gedeckt mit Palmstroh, waren. Die Häuser der Frauen sind kreisförmig angeordnet; sie sind wie das riesige Männerhaus gebaut, nur kleiner. Das Männerhaus ist nicht nur überdimensional, sondern dunkel und verraucht, denn Luft und Licht kommen nur durch ein niedriges Loch hinein, das als Tür dient und auf den Hof aus gestampfter Erde führt. Drinnen kampiert die Männerhorde an den Wänden entlang, trifft sich in den Hängematten, unter denen jeweils ein kleines Feuerchen brennt, an dem sie sich im Morgengrauen wärmen.

Auf den ersten Blick gleicht das Männerhaus einem Pandämonium von Männern, die sich kratzen, schwatzen, lachen, Pfeil und Bogen anfertigen, schreien, singen, sich entlausen, spucken, furzen, Federschmuck herstellen, Maracás schütteln, heisere und schrille Flöten spielen, Trommeln schlagen und sogar Glocken läuten.

Bald erkannte Pitum, daß es in diesem Durcheinander eine Ordnung gibt. Das Bewunderungswürdigste ist jedoch das immer sanfte, christliche Zusammenleben dieser heidnischen Indianerhorde. Das könnte sogar ein empfehlenswerter Lebensstil sein, wäre da nicht der mit dem Fortschritt unvereinbare indianische Müßiggang, denkt der Schwarze.

»Diese Wilden versumpfen hier in ihrer Rückständigkeit. Sie leben im Überfluß und genießen die Faulheit.« Für ihn ist die wirkliche Aufgabe der Galibis, miteinander zu leben und unschuldig in ihrer solidarischen Gemeinschaft miteinander zu sündigen. Die Männer sind richtige Schlawiner, die tagelang fischen und jagen, aber sich hinterher tagelang ausruhen, in der Hängematte schaukeln, sich entlausen, philosophieren, beten. Die Frauen sind aktiver. Außerhalb des Dorfes pflanzen und ernten sie, holen Wasser und Holz, tragen Lasten. Im Hause kochen sie, stillen sie, vögeln sie und klatschen. »Diese Wilden wollen gar nicht anders leben«, schließt Pitum. »Und ich auch nicht.«

Die Nonnen finden dies alles verworfen. »Abscheulich«, sagt Uxa. »Die Männer, die in diesem natürlichen Leben im Überfluß alles haben, werden indolent. Die

Frauen, die am gesellschaftlichen, öffentlichen oder gar religiösen Leben überhaupt nicht teilnehmen, sind eher wilde Tierchen als wirkliche Menschen. Nur durch sündige Triebe kommen sie selbst und bringen sie andere in Bewegung. Sie lachen unverschämt, schmücken sich mit Blumen, wenn sie vom Baden kommen, malen sich eitel mit Urucum und Jenipapo an, und jedesmal, wenn sie einen Mann treffen, wackeln sie anmutig mit den Hüften.«

Brasilien und Brasilien

Pitums Mundwerk ist sein Verderben: Vielredner, Quasselstrippe. Er will den Nonnen gefallen, Rätsel lösen und macht dabei alles komplizierter. Erst einmal beging er die Dummheit, ihnen die Wahrheit über sich und die halbbrüstigen Frauen zu erzählen. Er erzählte vorbehaltlos detailliert, wie sie sind und was er dort gemacht hat. Dann berichtete er bis in alle Einzelheiten – zum hundertsten Male und auch heute immer noch auf der Suche nach einer Erklärung – die unwahrscheinliche Geschichte des Guayanischen Krieges des brasilianischen Heeres. Ein Wahnsinn, so offen zu sein. Totaler Blödsinn.

»Wie hätte ich es ahnen können?« wirft er sich vor. »Diese Nonnen sind verrückt. Hirnrissig! Irre!«

Sie glauben ihm keine seiner Wahrheiten. Der Fall der Frauen ohne Männer ist für sie nicht denkbar, ganz abgesehen davon, daß er unanständig ist.

»Nur eine krankhaft erotische Phantasie kann sich so eine Geschichte ausdenken«, sagen sie.

An den Guayanischen Krieg glauben sie noch viel weniger. Sie finden – und das sagen sie ihm glatt ins Gesicht –, er sei ein verrückter halluzinierender Lügner.

»Ein friedlicher Irrer«, räumen sie ein. »Im Augenblick friedlich, aber verrückt, total verrückt und verlogen.«

Mal unter uns – Leser oder Leserin –, es ist durchaus verständlich, daß die Nonnen Zweifel an diesen Wahrheiten haben. Wie konnte es, aus ihrer Sicht, vor ihren Augen einen lärmenden zivilisierenden Krieg geben, ohne daß man je etwas davon gehört hätte? Hier, wo sie seit Jahren hocken und nichts passiert? Diese Lüge erscheint ihnen noch größer als die, auf dem anderen Ufer des Flusses einen Stamm übergeschnappter Frauen ohne Ehemänner anzusiedeln, die nicht einmal die Indianer je erwähnt hatten.

»Das würden sie vor uns nie verheimlichen. Wenn sie es nicht wissen, dann nur, weil es ein solches Volk nicht gibt.«

Sie schwören, daß sie die reine Wahrheit herausfinden werden, die sich hinter dieser verworrenen Geschichte verbirgt, die ganz offensichtlich erfunden wurde, um eine große Schandtat zu vertuschen.

»Welche?« Als Pitum, wenn auch schüchtern, auf seiner Spinnerei besteht, trumpfen sie mit ihrer wissenschaftlichen Autorität auf. Die Ältere, Uxa, stellt sich förmlich vor:

»Weißt du überhaupt, mit wem du redest? Ich bin Magister der Ethnologie MNQVB und habe noch nie auch nur das Geringste darüber gehört, daß es in Brasilien kannibalische Indianerstämme ohne Männer gibt.«

Sie erklärt, daß selbst die griechischen Indianer, die von den halbbrüstigen Frauen erzählt haben, immer wußten, daß dies eine Sage war: Nixen, Amazonen, Iemanjás, Janaínas, Icamiabas. Alles Lügen.

»Glaubst du, wir seien blöd?« fragen sie äußerst aufgebracht. »Das ist wirklich eine Frechheit, uns mit solchen Spinnereien zu kommen!«

Wirklich haarsträubend fanden sie die Geschichte des Krieges von Brasilien gegen Guayana. »Also, das ist wirklich absurd! Und dazu noch unpatriotisch – wenn man davon ausgeht, daß er sich Leutnant des glorreichen nationalen Heeres nennt –, derartigen Blödsinn zu verbreiten!«

Da sie Brasilien vor Jahr und Tag verlassen hatten und ein wenig auch, weil der Krieg noch weit entfernt sein konnte, ließen sie immerhin einen winzigen Zweifel zu. Die Flugzeuge, die den Himmel über den Galibis durchkreuzten, sind friedliche Luftschiffe.

Hinsichtlich der Halbbrüstigen lassen sie jedoch keinen Zweifel zu: Die gibt es nicht und hat es nie gegeben. Niemals! Pitum senkt ergeben das Haupt, brummt aber zwischen den Zähnen:

»Gibt's doch. Was heißt hier, gibt's nicht?«

Uxa, die sein Gebrummel für die Böswilligkeit eines undankbaren Schwarzen hält, ruft strafend:

»Schlag dir diesen Blödsinn aus dem Kopf, mein Junge. Das ist Unsinn: völliger Wahnsinn.«

»Ich merke es schon. Sie haben recht... Ich war nie Leutnant, noch bin ich es. Sie müssen es ja wissen.« Pitum verleugnet sich nicht nur, sondern er fragt sich verwirrt: »Wem glaube ich selbst denn nun? Mir? Ihnen?«

Er beginnt zu befürchten, daß er tatsächlich verrückt ist: »Wenn ich schon nicht mehr weiß, ob es mich gibt, wie kann ich dann wissen, ob ich gesehen habe, was ich sah? Wenn ich nicht weiß, wo ich bin, wie soll ich dann genau wissen, wo ich war?«

Im Augenblick kann Pitum einfach nur den Mund über die Dinge halten, von denen die weißen Heiligen nichts hören wollen. Schweigen und die Erinnerung an seine Abenteuer tief in sich verbergen. Genau das muß er tun. Seine Aufgabe besteht darin, zu negieren, was er gesehen hat, ganz fromm an das zu glauben, was er jetzt sieht, mit eben diesen Augen, die Gott ihm gegeben hat.

»Ist bei mir eine Schraube locker? Bei diesem Durcheinander in meinem Kopf, den jetzt weder Militärmütze noch die Kalebassenfrisur der Amazonen schmücken? Diese meine Augen, die zu schlecht sind, um die Halbbrüstigen zu sehen, sind gut genug, um diese ganz und gar bekleideten Frauen zu erkennen? Wahr sind nur sie, völlig real. Sie christianisieren diese schreibkundige Indianerhorde. Kann das angehen?«

So meditiert Pitum, schaut sich um und sieht überall, wie die Indios Nachrichten auf Blätter schreiben, die andere Indios lesen und ebenfalls, sich vor Lachen ausschüttend, schriftlich beantworten.

»Sind dies wahre Visionen oder nur bloße Halluzinationen? – Diese lächelnden Indios, die sie in das Christentum einführen wollen, sind das echte Indios? Morgen werden sie, dank ihrer Arbeit, seraphische Indios sein, die sich reumütig um das ewige Seelenheil bemühen... Die sich fromm aller Sünden der Völlerei und Wollust enthalten. Kann das die greifbare, reale Wahrheit sein? Bin ich verrückt oder sie? Oder ist die ganze Welt verrückt geworden?«

»Rette mich, Mutter Maria! Rette mich, Heiliger Negrinho do Pastoreio[1]!«

1 *São Negrinho do Pastoreio:* Volksheiliger in Rio Grande so Sul. Ein kleiner schwarzer Hirtenjunge, der, weil ihm dessen Pferde abhanden gekommen waren, ihn schlug und blutend in einen Ameisenhaufen warf, wo er starb. Er tauchte wieder auf: inmitten einer Pferdeherde,

Wenn er den Absurditäten zuhört, die die Nonnen über ihr Brasilien erzählen, kommt Pitum allmählich zu dem Schluß, daß die Verrücktheit durchaus bei ihnen liegen kann. Der Leser wird zu gegebener Zeit verblüfft feststellen, daß der Schwarze vielleicht recht hat.

»So ein Brasilien kann es nicht geben«, sagt er. »Sicher gibt es das auch nicht. Das ist ihre Erfindung.« Und er fragt sich: »Warum phantasieren die dermaßen? Welchen Vorteil bringt ihnen das? Wen wollen sie damit betrügen?«

Neugier, Unsicherheit und innere Unruhe haben den Ex-Leutnant zum Zuhörer gemacht. Er ist immer so aufmerksam, daß er jetzt Orelhão[1] heißt. Er ist immer ganz Ohr, seine Ohren sind immer gespitzt; die Ohren auf Empfang gestellt, lauscht er. Im Männerhaus ist das nicht anders, denn da er den Dialekt nicht beherrscht, muß er noch mehr aufpassen. So ist es auch, wenn die Nonnen zu den Indias sprechen: Er hört zu und versucht, die Schlüsselworte zu behalten, um anschließend zu verlangen, daß sie alles genau übersetzen.

Zunächst gab sich Pitum sogar nur mit den Rüffeln der Nonnen zufrieden. Nach so langem Exil wollte er nur bei ihnen sein und Portugiesisch sprechen. Er fand es zu schön, überhaupt zu überleben. Dann wurde er anspruchsvoller. Jetzt ist er unmöglich. Er will alles wissen, was sie zu den Indios sagen, und sogar ihre Gespräche, wenn sie unter sich sind und er nicht dabei ist. Orelhão verlangt Rechenschaft über alles.

Außerdem wurde er ungeduldig. Als er sie neulich im Indio-Dialekt miteinander sprechen hörte, wurde er

die man nur hört, auf einem Schimmel reitend. Er ist Patenkind der Heiligen Mutter Gottes und für verlorene Gegenstände zuständig.

1 Orelhão: portugiesisch »großes Ohr«; gleichzeitig Anspielung auf Orellana, da »lh« und »ll« (spanisch) gleich ausgesprochen werden.

schrecklich böse und schrie drohend herum. Die Nonnen wurden auch sauer, und der Streit war häßlich:

»Orelhão, du Blödmann... Wer bist du eigentlich, um hier Forderungen zu stellen. Du bist nicht mal ein richtiger Brasilianer, oder? Nicht einmal Lateinamerikaner scheinst du zu sein, mein Neger.«

»Dieser Orelhão kommt von einem anderen Stern«, sagt Uxa zu Tivi. »Oder es müßte so sein, wäre er nicht einfach verrückt. Total verrückt.« Die beiden haben seine Amazonen- und Kriegsgeschichten allmählich satt. Es wäre besser, er würde verschwinden. In das Loch zurückkehren, aus dem er gekommen ist.

»Wohin gehörst du eigentlich, Orelhão?« Die Anwesenheit und das Zusammenleben mit einem halbnackten Schwarzen, der Portugiesisch mit einem Südstaatenakzent spricht, hier in der Mission, geht über ihre Kraft.

Wenn sie sich viel streiten, ist der Ex-Leutnant einige Tage lang beleidigt und hängt bei den Männern im »Club« herum. Aber da er ohne zu reden nicht leben kann, kommt er schließlich doch immer wieder. Er ist dann voller Herzlichkeit und ersucht um Gespräche und Zuwendung. Das nutzen sie aus, um streng mit ihm wegen seiner Spinnereien ins Gericht zu gehen. Nun, da sie zum Schluß gekommen sind, daß bei Orelhão einige Schrauben locker sind, regen sie sich nicht mehr so auf. Sie amüsieren sich sogar über seine Hirngespinste.

Pitum – jetzt Orelhão –, der schon gegeben hatte, was er besaß, und auch, was er nicht hatte, redet weiter und liefert sich aus. Das ist nicht wieder gutzumachen. Er muß das Gesagte verleugnen und tut es wieder und wieder. Aber er erzählt neue Schauermärchen, die er wiederum später leugnen muß. Seine Wortgewandtheit hält der

Unwahrscheinlichkeit die Waage. Stundenlang doziert er, beantwortet die Fragen der Frauen nach allen möglichen Dingen aus seinem widersprüchlichen Brasilien:

- permissive Jugend und ausschweifendes Alter
- aufdämmerndes Machotum und blühendes Schwulentum
- rettungsverheißender Feminismus und sexuelle Autarkie
- die Verfolgung der Indios durch die FUNAI zur Unterhaltsbeschaffung von Ex-Leutnants
- das Abbrennen des Urwalds und die ökologische Bewegung
- die aufkommende Schwarzenbewegung und die Angst der Weißen
- die industrielle Umweltverseuchung und die Lebensqualität
- der zivilistische Militarismus und die autoritäre Demokratisierung
- die Allgewalt der Justiz und die Todesschwadrone
- der Lastwagen mit Nordestinos, die ihr Land verlassen, und die Tagelöhner des Südens.

Nur sprach er nie, nie wieder von den Amazonen und dem Guayanischen Krieg. Von allem, was er erzählt, haben die Nonnen schon gehört, aber immer etwas ganz anderes. Manchmal sogar das Gegenteil. Orelhão ist der Besitzer der Versionen. Sie die Besitzerinnen der Wahrheit.

»Dein Land da ist ein anderes, Orelhão. Sicher ist es unserem ähnlich wegen der Sprache, die dort gesprochen wird, und der Mischung der Rassen, aber es ist ganz anders und viel zu zügellos.«

Ganz unter uns, liebe Leserin, der versöhnliche Schluß, den man daraus ziehen kann, ist, daß alles, was gleichzeitig und in so verschiedener Form vorhanden ist und existiert, in Wahrheit weder besteht noch wichtig ist. Auch weil dies eine Fabel ist.

- Ihre Indios haben von der FUNAI noch nie gehört: Sie sind glücklich.
- Der Urwald Amazoniens, den Orelhão durch die Multis verwüstet und verbrannt sieht, steht da in seiner ganzen Herrlichkeit.
- Die erwähnten männerlosen Frauen, die die schon vor Jahrhunderten verschwundenen Amazonen sein sollen, sind gut unter Kontrolle und geraten da auf ihrem Ufer in Vergessenheit.
- Der Guayanische Krieg findet, wenn es ihn überhaupt gibt, in einer anderen Welt statt. In der ihren herrscht Frieden.

Die einzige reale Welt ist nach Meinung der Nonnen die ihre, an der auch die Indios teilhaben, die ebenfalls ihnen gehören. Für Orelhão ist sie in diesem Augenblick die einzige, auf die es ankommt. Bleibt er, so taucht er unweigerlich in ihr unter. Verläßt er sie allein oder mit ihnen, wird er gleichfalls in ihre reale Welt gelangen. Unwiderruflich.

Wie Sie sehen, lieber Leser, ist für Orelhão und für uns nur ihre Realität real und relevant. Alle anderen Realitäten sind illusorisch.

Uxa und Tivi sind untröstlich, weil ihre Wilden keine missionarischen Predigten hören wollen. Sie akzeptieren allerhöchstens verwickelte Geschichten, wie die von der Arche Noah und der Sintflut. Aber sie hören nur zu, um sie sofort anschließend zu bestreiten oder zu bestätigen. Sie wollen die biblischen Texte aufgrund von Augenzeugenberichten dieses oder jenes Stammesangehörigen korrigieren, der selber die Sintfluten und Feuerstürme gesehen haben will.

Die armen Nonnen sitzen dann in der Klemme. Frommes und Missionarisches langweilt die Indios, ödet sie maßlos an. Mystisches führt zu Diskussionen. Endet in Ungereimtheiten. Das einzige, was sie interessiert, ist die Zivilisation. Das Ergebnis sind Unruhe stiftende Debatten.

Trotz des Durcheinanders ist das ihr Lieblingsthema. Die Indios wollen alles wissen. Irrsinnigerweise sind sie, noch ahnungslos, daß sie Wilde sind, völlig unfähig zu begreifen, was Zivilisation ist. Die Idioten halten sich für zivilisiert.

Übrigens interessiert Orelhão das mit der Zivilisation auch am meisten. Da er sich vollkommen außerhalb ihres Brasilien befindet, nutzt er ihre Gespräche, um sich zu informieren. Was er hört, überzeugt ihn jedesmal mehr davon, daß es sich um ein anderes Brasilien handelt. Ihr Land ist ein anderes, eines, von dem er noch nie etwas gehört hat. In der Tat kann es keinesfalls sein Brasilien sein, das normale. Weder das der Vergangenheit noch das der Gegenwart.

Die Gespräche mit den Indios über die Zivilisation sind umständlich, lang. Um zu erklären, wie eine Stadt aussieht, brauchen die Nonnen Stunden. Erst einmal stellen sie den Vergleich auf, es seien Ameisenhaufen voller Menschen. Riesige Ameisenhaufen mit vielen Ameisenmenschen, die hin und her rennen. Dann erklären sie, daß dieser Ameisenhaufen sich auf freiem Feld ohne einen einzigen Baum befindet, jedoch viele parallele und sich kreuzende Wege mit Häusern auf beiden Seiten hat. Häuser, die immer übereinandergestapelt sind, bis in den Himmel.

Orelhão findet, sie sollten vielmehr sagen, daß der

größte Teil solcher Häuser Mietshäuser sind und daß die Miete viel zu hoch ist und sich halbjährlich durch die Inflation verdoppelt. Seiner Meinung nach stopfen sie die Wilden mit unnützen Einzelheiten über pfannengedeckte Dächer und steinerne Fußböden, glatte, gestrichene Wände, Glasfenster, Wasserhähne, elektrisches Licht, WCs und Gasherde voll. Sogar von den Telefonen erzählen sie ihnen.

Wenn die Idioten von all dem Wunderbaren, was sie da hören, nichts mehr begreifen, erklären sie ihnen, daß dort niemand fischt, jagt und pflanzt, fügen aber gleich hinzu, daß, wenn jemand Keramik macht, Matten flicht, fischt, pflanzt oder jagt, er nur dies sein ganzes Leben lang tut. Aber sie verraten nicht, daß dort zudem alles auf dem Markt gekauft wird und Geld kostet und es schwer ist, Geld zu verdienen. Sie bemühen sich zweifellos zu sehr.

»Wie bei den Gesprächen mit den Weibern da, die es nicht gibt.«

Nachdem die Nonnen und Orelhão trotz der Streitigkeiten vertrauter miteinander waren, begannen sie Informationen über ihr jeweiliges Brasilien auszutauschen.

»Da reformieren sie einfach alles«, erzählt Tivi, »ganz geplant, um jedem ein besseres Leben in einer für alle bewohnbaren Welt zu schaffen.« »Zum Beispiel«, sagt sie, »wird per Computer der Beruf, die Wohnung und der Lebensstil alle sechs Monate geändert, um Gleichheit herzustellen. Der Arzt wird Steinmetz, Bäcker oder Bauer, der Beamte wird Tischler, der Tischler Polizist. Der Anwalt wird Ingenieur und dieser Fischer oder Dieb. Dies alles, um die Gleichheit zu garantieren.«

»Die müssen übergeschnappt sein«, entgegnet Orelhão, »also sowas! Gibt's das? Die haben das Reich der Inkompetenz gegründet. Kann denn ein Majorintendant Zahnarzt sein? Die sind ja zur Barbarei zurückgekehrt! Ohne Spezialisten und ohne Bürokratien geht die Zivilisation zugrunde«, kommentiert wütend der Schwarze.

Uxa nimmt am Gespräch schon nicht mehr teil. Sie ist gegen alles und gegen alle. Sie ist nur damit beschäftigt, wie wild solche Tangas zu häkeln, wie sie einen für Orelhão gemacht hat, damit er nicht nackt herumläuft. Jetzt macht sie auch welche für die Indios, die sie wieder aufribbeln, um den Faden zu nutzen.

Aber Tivi gibt zu, daß irgend etwas an der Passivität, mit der das Volk den Neuerungen zustimmt, verkehrt ist.

»Die sind gedopt. Bei den Unzufriedenen ist es gerade modern, die Städte zu verlassen und in den Wäldern zu kampieren und dort autonom zu leben.«

»Grasfressend? Zu Wilden werden die!« spottet Orelhão.

»Ach was! Die arrangieren sich. Sie pflanzen an, was sie essen, und essen sogar noch viel zu viel. Da die Fröhlichkeit aus dem Bauch kommt, vergnügen sie sich. Wie die Indios.«

Sehen Sie, lieber Leser: Bei diesem ganzen Gerede über Utopien haben der Taugenichts und die Unter-Heiligen den Kopf verloren. Das sechsmonatige Berufsrotationsverfahren im Brasilien der Nonnen ist ebensowenig plausibel wie der tägliche Wechsel des Berufs, mit dem englische Träumer der menschlichen Berufung zur Flatterhaftigkeit entgegenkommen wollten[1].

1 Vergleiche: Marx/Engels, Werke, Bd. 3: Die deutsche Ideologie, S. 33:
»Sowie nämlich die Arbeit zu verteilt werden anfängt, hat jeder einen bestimmten ausschließlichen Kreis der Tätigkeit, die ihm aufgedrängt wird, aus dem er nicht herauskann; er ist Jäger, Fischer oder Hirt oder kritischer Kritiker und muß es bleiben, wenn er nicht die Mittel zum Leben verlieren will – während in der kommunistischen Gesellschaft,

Und, liebe Leserin, was halten Sie von diesem Bukolisierungstrend? So viele Jahrhunderte Kampf und Arbeit in dem Jahrtausende währenden städtischen Zivilisationsprozeß, um schließlich das staatsbürgerliche Leben aufzugeben. Ist das die Möglichkeit?

wo jeder nicht einen ausschließlichen Kreis der Tätigkeit hat, sondern sich in jedem beliebigen Zweige ausbilden kann, die Gesellschaft die allgemeine Produktion regelt und mir eben dadurch möglich macht, heute dies, morgen jenes zu tun, morgens zu jagen, nachmittags zu fischen, abends Viehzucht zu betreiben, nach dem Essen zu kritisieren, wie ich gerade Lust habe, ohne je Jäger, Fischer, Hirt oder Kritiker zu werden.«

Schreibkundige Wilde

Pitum, der jetzt Orelhão heißt, hat heute in seinem Leben nur eine Gewißheit: Diese Welt ist verzaubert. Verhext.

Davon ist er immer mehr überzeugt, vergleicht er die Welten, die er gesehen hat und sieht, mit denen vom Hörensagen. Die von damals, sein bescheidenes kleines Leben als Kind in der südbrasilianischen Provinzstadt, scheint unecht zu sein, so weit liegt sie zurück. Die des Rekruten, Soldaten, Gefreiten, Feldwebels in der Grenzgarnison ist eine flüchtige Erinnerung wie an einen Traum. Die des Guayanischen Krieges mit ihren unvorstellbaren Zufällen, wie auch die der beiden herrschsüchtigen Frauen, sind so unwahrscheinlich, daß man sie nicht für möglich halten kann.

»Und sie sind alle gar nichts gegen diese hier: die der einem Löcher in den Bauch fragenden, schriftkundigen, katechisierten Indianerbande.« Noch unverständlicher aber ist, findet er, die Welt dieser verrückten Frauen. Ein Brasilien mit sechsmonatigem Rotationsverfahren, das es nie gegeben hat und auch nirgendwo geben kann.

»Aber es scheint so, daß es an einer bestimmten Stelle, an irgendeinem Ufer, auf irgendeiner Seite oder einer Variante dieser abenteuerlichen Welt existiert.«

»Diese Welt, das sind Welten«, meditiert Orelhão. »Als ich von einer in die andere überwechselte, lernte ich dazu und verlernte gleichzeitig, war ich und war nicht mehr.« Jetzt, wo er in der Person steckt, die die Nonnen für ihn ausgedacht haben, kommt der Schwarze närrisch zum Schluß: »Viele Verrückte, die von der Welt als unheilbar verrückt demaskiert, als verrückt behandelt und mißhandelt wurden, sind nicht mehr und nicht weniger verrückt als ich.«

»Das sind wir Verrückten nämlich: Zeugen des Unmöglichen. Die Zeit, das sind viele gleichzeitige Zeiten. Unmögliche. Der Raum auch. Wer durch den weißen Vorhang gegangen ist, weiß dies. Alles Unmögliche ist überall möglich. Sogar zu sehr.«

Und so grübelt er nun vor sich hin, Orelhão, ehemals Pitum, Ex-Leutnant Carvalhal.

»Alles geschieht die ganze Zeit. Man braucht nur die Augen aufzumachen, um es zu sehen: Sogar diese Nonnen in ihren blauen Baumwollgewändern – jede mit ihrem Holzkreuz, das vor der Brust hängt, und den Mund voller tugendhafter Sprüche –, sogar sie gibt es und sie sind heilig. Die häßliche Uxa, die gibt es auch. Seit sie weiß, daß ich verrückt bin, erzählt sie mir ohne zu überlegen, was ihr durch den Kopf geht. Sie macht die Klappe auf und redet, redet und redet. Sie stürzt sich deshalb so auf mich, weil die andere, Tivi, die junge, hübsche, ihrer überdrüssig ist. Sie hat nur Ohren für den unverschämten Tuxaua. Gerade jetzt sitzen die beiden auf dem Friedhof auf den Baumstämmen.«

Orelhão hört dem Gerede Uxas schweigend zu. Er will sich durch sie über alles, was es hier gibt, informieren.

Die schlechten Angewohnheiten der Indios, ihren eigenen Ärger, ihre eigenen Vorurteile und vor allem die Klagen über Tivis Papismus. Sie spricht auch von ihrem Brasilien, schwört, daß es das gibt – du wirst es schon sehen.

»Also, der Verrückte hier bin ich«, sagt Orelhão, der mit sich selber spricht, um wenigstens einmal aufrichtig zu sein.

Die Wilden sind auch Vielredner und Vielfrager. Schade, daß Orelhão noch fast gar nichts versteht. Stundenlang reden sie miteinander und mit den Nonnen. Gesprochene Gespräche, mit dem Mund, ebenso wie geschriebene Gespräche. Immer in ihrer Sprache, die Unwissenden können keine andere.

Die ganze Zeit redend, gelangten Uxa und Orelhão am Friedhof an, den Tivi und Caliban gerade verlassen hatten. Dort sammelten sie auf dem Boden liegende Sororocablätter auf, und Uxa ordnete sie und übersetzte für sich und Orelhão das letzte Gespräch der beiden.

»Indiskret«, denkt er, aber er hört zu und genießt es.

Der Wilde hatte auf das Sororocablatt geschrieben:

Habt ihr wirklich Gottes Sohn getötet?

Sie antwortete: Ja.

Der Häuptling fragte, darunter: War er allmächtig?

Sie: Er war es nicht: Er ist es.

Er: Und er starb so, aus Dummheit?

Sie: Nein, er erstand wieder auf.

Er: Also war es eine Finte?

Die Alte wurde wieder auf Tivi sauer, zerriß die Blätter und zog über ihre Gefährtin her:

»Ich halte es da wie Anchieta. Missionieren ist dominieren. Gewisse Angelegenheiten bleiben für die letzte Ölung aufgespart. Tivi will über alles sprechen: Das kommt nun dabei heraus.« Bitter sagt Uxa wieder, daß es dumm war, eine Riesendummheit, den Indios Lesen und Schreiben beizubringen. Als Analphabeten wären sie nicht so wissensdurstig und fragewütig geworden.

»Und es war unnütz«, schließt sie. »Vom Bibellesen wollen sie nichts wissen. Sie wollen höchstens im Tausch gegen Angelhaken bei neuen Übersetzungen helfen. Die Schrift brauchen sie nur zum Spielen; sie schicken sich anzügliche Nachrichten, von hier in den Wald und vom Wald hierher.«

»Die Alte mag wohl recht haben«, denkt Orelhão. »Das ist hier wirklich das Letzte. Hat man schon mal schriftkundige Wilde gesehen? Gestern, zum Beispiel, im Hof, zur Essenszeit, wenn sich alle treffen, hat ein gewisser Tapira auf einem Blatt an Xitã geschrieben: ›Gestern habe ich im Wald mit Pinu geschaukelt.‹ Es scheint, daß sie tatsächlich gevögelt haben, denn Xitã dreht sich zu Pinu, seiner Frau, um, die hinter ihm saß und das Essen servierte, und beschwerte sich:

»Treibst du es nicht etwas zu wild mit dem Schwager?« Uxa berichtete empört über diesen Fall, als würde das Schreiben so viel Sittenlosigkeit hervorrufen.

»Diese Indios sind völlig unmoralisch, Tantchen. Das ist nur deren Schuld.« Sie nickt zustimmend. Und um nicht zu jammern, jammert sie über Tivis schwierige Lage: ein junges, hübsches Mädchen, vom Tuxaua bedrängt. Tatsächlich ist der Schlawiner ganz schön auf sie fixiert. Kaum geht sie weg, ruft er sie schon heran. Die Arme hockt dann, den Rock fest um die Beine gewickelt, bei ihm. Stundenlang. Und sie unterhalten sich mündlich und schriftlich.

»Was die wohl immer reden?« fragt sich Orelhão. »Ob das immer theologische Streitgespräche sind?« Uxa weiß nicht viel über dieses Geschwätz und sagt nichts. Aber sie ahnt: Der Kerl wird zum tausendsten Mal wissen wollen, ob die Missionarinnen nie vögeln. Er wird nachforschen: warum? Haben deine Mutter und dein Vater dich etwa nicht vögelnd gemacht? Das wird er fragen.

»Hör mal, Uxa, er will sicher wissen, ob Gott selber euch befohlen hat, daß ihr weder vögeln noch gebären dürft. Wer hat euch den Befehl gegeben, die Beine zuzumachen?« Die Alte geht brummelnd weg.

»Ich kann Schwarze nicht ausstehen, die sich nicht anständig benehmen.«

Zur Zeit ist es Orelhãos schamlose Art, Rixca den Hof zu machen, die die Nonnen aufregt. Er ist verknallt. Sie auch. Mit tausend Zeichen und Gesten sagt sie ihm liebevoll, daß sie es kaum noch erwarten kann.

»Es ist ganz offenkundig, daß dieser Schwarze, wenn er irgend kann, sich unserer Autorität nicht unterwirft: Er heiratet oder hat ein Verhältnis«, kommentiert Uxa.

Tivi beschließt, nachdem sie meditiert und gebetet hat, ihn zur Rede zu stellen.

»Vorsicht, mein Junge. Eine Indioheirat ist kein Spaß!« Nach der Vorwarnung erklärt sie ihm geduldig, daß er, wenn er Rixca heiratet, in ein Netz von Beziehungen einbezogen wird, aus dem er sich nie mehr lösen kann. Echte Sklaverei, das ganze Leben lang. Unterdrückung.

»Süße Sklaverei, fromme Frau. Eine andere will ich gar nicht.«

»Blödsinn. Orelhão, hör mal zu: Dieses Indiovolk, das dir so vermischt erscheint, ist tatsächlich durch Verwandtschaftsgrade in zwei entgegengesetzte, sich ergänzende Seiten genau unterteilt. Für jeden besteht das Volk zur Hälfte aus Menschen, die ihm fremd und deshalb heiratsfähig sind. Das heißt: frei für den Geschlechtsverkehr. Die andere Hälfte ist es nicht, das sind Blutsverwandte und als solche verboten, es wäre Inzest. Die darf man nicht einmal berühren.«

»Und was haben meine kleine Rixca und ich damit zu tun?«

Uxa unterbricht das Häkeln der Tangas, mit denen sich die Indios bedecken sollen, und sagt aufgebracht:

»Mach keine Witze, Junge. Das hier ist ernst.« Tivi ergreift wieder das Wort, um ihm nett zu sagen:

»Komm, alles hat etwas damit zu tun! Hör mir zu... Wenn du Rixca zur Frau nimmst, machst du allen klar, daß du nicht zu ihrer Seite gehörst. Du bekommst sofort deine eigene Seite, die ihrer entgegengesetzt ist. Nur deshalb, aufgrund des Gesetzes der exogamen Hälften, bekommst du sofort ...zig Verwandte, die du je nach Alter Väter, Mütter, Brüder, Schwestern, Kinder, Enkel deiner eigenen Seite nennst, zu denen du ein brüderliches Verhältnis hast, niemals aber ein intimes.«

»Ich habe verstanden. Mit denen darf man nicht vögeln, nur reden.«

»Genau«, antwortet Tivi und nimmt sich zusammen. »Aber gleichzeitig bekommst du von der Gegenseite, Rixcas Seite, ebenso viele Verwandte, die du Schwiegervater, Schwiegermutter, Schwager, Schwägerin, Schwiegersohn, Schwiegertochter nennst. Die Beziehungen zu ihnen sind genau umgekehrt. Mit den Schwiegereltern darfst du nicht einmal reden. Niemals. Du darfst sie nicht einmal berühren. Aber du mußt ihnen immer ein gutes Stück vom Wild geben, das du gejagt hast. Die Beziehungen zu den Schwägerinnen sind äußerst heikel. Zeigst du ihnen zu viel Aufmerksamkeit, werden alle klatschen und sagen, du würdest sie voll fleischlicher Begierde ansehen. Bist du zurückhaltend, werden sie dich blöd und ungesellig finden oder sehr schüchtern, und sie fangen an, schlecht von dir zu reden, dich zu hassen.«

»Heißt das, daß der Ehebruch nur mit den Verwandten

der eigenen Ehefrau erlaubt ist? Wahnsinn! In Rio Grande do Sul würde das einen Riesenzoff geben!«

»Mehr oder weniger. Aber da ist noch mehr. Hör zu: Um mit all diesen Verwandten gut auszukommen, mußt du doppelt so viel arbeiten. Sicher, du wirst viel Essen, viele Geschenke, viel Liebe und Zärtlichkeit bekommen. Aber hier ist es verzwickterweise so, daß du, um Ansehen zu erlangen, für jedes Stück, was du bekommst, ein anderes geben mußt, wenn irgend möglich ein besseres, als du bekommen hast. Unter diesen Indios bedeutet Haben und Behalten schändlicher Geiz. Hier gilt das Gesetz der Gegenseitigkeit. Ansehen kommt von Geben, Geben und nochmals Geben.«

»Sind diese Wichtigtuer etwa Kommunisten?«

In diesem Augenblick greift die alte Uxa wieder ein, die strickend zugehört hatte:

»Und paß auf, Orelhão. Inzest ist hier nicht etwa Sünde: Es ist ein Verbrechen. Mit irgendeiner Frau schlafen, die Blutsverwandte für sie ist, bedeutet den sicheren Tod. Die Gören laufen im Wald herum, um aufzupassen und zu denunzieren, und jede Liebesschaukelei wird im Dorf angezeigt. Da ergreift der heilige Haß die Indios, und sie stürzen sich wütend auf sie. Zur Strafe werden den beiden Inzestuösen sofort die Gelenke zerschnitten, damit sie verbluten.« Orelhão senkt den Kopf:

»Ich heirate nicht, Frau Nonne, ich heirate wirklich nicht! Diese Schwager sind mir zu wild. Verflucht nochmal!«

Uxa ist davon überzeugt, daß die Mission mit der verrückten Idee aus dem Ruder gelaufen ist, die Indios zu alphabetisieren. »Zuerst war es phantastisch«, sagt sie. »Dann kamen die Probleme.«

Mit Orelhão als Zuhörer häkelt sie Tangas und erzählt von jenen Monaten der Unbeschwertheit.

»Schüler wie diese Indios gibt es nicht noch einmal. In drei Monaten konnten sie lesen und schreiben. Alle, glaub' mir: allesamt. Das war ein Vergnügen. Spielend, sie einander gegenseitig zurufend, lernten sie die Buchstaben und begannen sofort, sich die Form der Wörter zu merken.«

Und sie erzählte angeregt ihr Abenteuer weiter.

»Warum sind zivilisierte Erwachsene so dickschädelig? Die Indios, die isoliert und unverdorben leben wie diese hier, haben einen unwahrscheinlich hellen Kopf. Das kommt von der eigenen Unwissenheit: Da sie nicht wissen, daß Lesen wichtig ist, und da sie dieses grenzenlose Vertrauen in sich selber haben, lernen sie alles blitzschnell.«

»Ich verstehe. Ihnen fehlt der kritische Verstand«, kommentiert Orelhão. »Da sie keine Kritik kennen und Selbstkritik schon gar nicht, stürzen sie sich aufs Lesen, als wäre es ein unnützes Spiel.«

»Angefangen hat das«, erzählt Uxa, »als wir vorgeschlagen haben, den Kindern das Lesen und Schreiben beizubringen, wie das seit jeher in jeder Mission gemacht wird. Dieser Tuxaua, der immer aufs Neue aus ist, und Tivi, die ihm darin nicht nachsteht, haben das in Gang gebracht. Erst wollte er wissen, was Lesen und Schreiben ist. Dann wollte er darüber nachdenken.«

Uxa erzählt, daß dann die Männer im Club tagelang geredet haben und dann der Aufstand losging. Schließlich war es ein Sturm. Alle wollten ganz genau wissen, was das ist: Lesen und Schreiben. Die beiden zeigten hundertmal, daß die eine lesen und die andere schreiben kann und umgekehrt und daß sie alles genau wiederholen konnten, was sie in ihrer Sprache, tagsüber oder nachts, in jeder

Entfernung, sogar mit zugehaltenen Ohren und geschlossenen Augen sagten. Begeistert beschlossen die Wilden, daß Schreiben für Kinder zu schade sei.

»Sie wollten es selber lernen: die Männer. Und es blieb nicht dabei: sie lernten es«, sagt sie, etwas weitmaschiger häkelnd. »Aber sie haben Lesen zu einem Spiel gemacht.«

»Niemand hier«, beklagt sie sich, »will von der Genesis, der Apokalypse oder von Matthäus etwas wissen; ich hatte das alles in ihren Dialekt übersetzt und für sie abgezogen.« »Das Ergebnis«, schließt Uxa, »ist, was man hier sieht: katechisierte, schreibkundige Indios, die nur Zettelchen vom Platz ins Dorf, hierher und dorthin schicken und Lügenmärchen erzählen.Oder sich sogar schriftlich mit uns oder untereinander unterhalten. Nur Spielkram!«

»Die Männer amüsieren sich köstlich mit der Schreiberei. Nicht so die Frauen und Kinder, die das von ferne betrachten. Die Frauen besorgt, die Kinder neugierig. Sie möchten gern herausbekommen, was da so viel Unruhe schafft. Da sie von allem, was im Männerhaus geschieht, isoliert leben, beobachten sie alles ängstlich.

Als in der Mission der Vorrat an Papier und Bleistiften ausgegangen war, gingen die Indios dazu über, auf Sorocablättern mit einer Palmblattspitze zu schreiben. Das Ergebnis ist perfekt, es hält nur nicht. Ob dieser ganze Blödsinn noch lange dauert?«

»Immer gibt es im Leben einen Fehler oder eine Missetat, warum bloß?« fragt Uxa. »Hier war es die Alphabetisierung. Tivis Schuld.« Die unerwartete, erstaunliche Effektivität ihres Unterrichts und – was noch verblüffender ist – der Lehrzeit der Indios in der Kunst des Lesens und Schreibens ergab dieses: eine Mission schreibkundiger

Wilder. Uxa ist sicher, daß sie so alles durcheinandergebracht haben.

»Das kommt dabei heraus, wenn man so neuerungssüchtig ist wie du, Tivi.« Und sie fährt mit ihrer Brandrede fort: »Noch nie hat man von einer Mission gehört, in der erwachsene Indios alphabetisiert werden. Man alphabetisiert Kinder, die unschuldig lernen und gehorchen. Während sie heranwachsen, ändern sie sich und lernen dazu. Eines Tages, wenn sie dann Kleider tragen und mit irgendeinem anderen Caboclo, die Hacke in der Hand, für irgendeinen Herrn arbeiten, werden sie begreifen, daß ihre Bräuche und Sitten Quatsch sind. Wichtig ist es, Geld zu verdienen, um Waren zum Überleben zu kaufen. So werden sie ganz allmählich ihren Aberglauben und ihre Sittenlosigkeit aufgeben.«

Tivi ruft, um dieser undankbaren Diskussion zu entgehen – über einen Fehler, der, wenn er wirklich ein Fehler war, schon lange begangen worden war und nicht mehr behoben werden kann – Uxa und Orelhão, um Trost in Gebet und Meditation zu suchen. Der Ex-Leutnant, der von Bibelstunden und von Meditationen nichts mehr wissen will, lehnt ab und brüllt: »Ich bin fürs Ficken.«

Die beiden lesen Jesaja, laut und langsam. Dann singen sie den 51. Psalm. Anschließend meditieren sie schweigend eine Stunde lang über ein von Uxa vorgegebenes Thema: Die Indios sind wie Kinder, modellierbares Wachs, wie geschaffen für die christliche Form.

Schließlich versenken sie sich noch eine Stunde in Tivis Thema: Der Missionar ist ein Gärtner, in einem Garten mit Myrtenstatuen; täglich kümmert er sich um jede Pflanze, jede Figur; wenn er nicht aufpaßt, wächst zwischen den fünf Fingern ein sechster; sogar ein weiteres Bein oder ein weiterer Kopf können sprießen, wenn er nachlässig ist.

Nachdem die gemeinsame Betrachtung zu Ende ist, läßt die boshafte Uxa Tivi ihre protestantische Meinung hören:

»Indem wir die Erwachsenen alphabetisieren, machen wir die Lektüre zu einer Spielerei, was aus uns Gläubigen wahre Christen macht. Luther hat Gottes Wort allen Menschen zurückgegeben, als er die Heilige Bibel übersetzte und druckte. Er machte so die einfache Lektüre zu einer sublimen Form des Gebets. Er schuf eine direkte Verbindung des Geschöpfes zu seinem Schöpfer. Wir haben das Gegenteil gemacht. Schreiben und Lesen machte, in diese ungeschlachten Urwaldhände gelegt, aus unseren Indios Taugenichtse. Es ist einzig und allein unsere Schuld, der wir ins Auge blicken und die wir ohne falschen Stolz anerkennen müssen.«

»Möge Gott uns vergeben.« Das antwortet Tivi, aber sie meditiert schweigend weiter: »Vielleicht hat sie recht. Gott allein weiß es. Wir können weder zurück, noch aufgeben, noch den Mut verlieren. Vertrauen auf Gott, und die Füße fest auf dem Erdboden, um weitergehen zu können, das brauchen wir. Allein oder mit den Indios, wie Gott will. Diesen Herzen der Wilden zu vertrauen, ist nicht unsere Sache. Das ist Seine Aufgabe. Einzig und allein Seine. Nur Seine. Unsererseits erfüllen wir unsere Pflicht: Wir sind hier, Uxa und ich, legen Zeugnis ab, leiden, bitten um mehr Leiden, aus Liebe zu Gott. Märtyrerin möchte ich sein, würde mir dieses Privileg zuteil. Ich erwarte es nicht, ich erfülle nur meine Pflicht. Unseren Teil tun wir, indem wir die Herzen der Wilden für das Wort Gottes, unseres Herrn, öffnen.«

Der Leser möge verzeihen, ich finde das auch unerträglich. Wenn ihre Verrücktheit ins Theologische geht, hält das kein Christ aus.

Orelhão

Der Diskussionslärm, den die drei Vertreter der europäischen, westlichen, christlichen Zivilisation veranstalten, läßt die Hütte der Nonnen erzittern. Sie vergleichen die Neuerungen in ihren Welten.

Von allen Reformen ihres Brasilien findet Tivi nur die Abschaffung der Justiz und der Polizei wirklich gut. Viele Leute waren entsetzt bei dem Gedanken, daß die Herrschaft des entfesselten Terrors bevorstand. Von wegen! Ohne Polizei, die mit den Banditen unter einer Decke steckt, wurde das Verbrechen zaghaft, und das Volk fand den Mut wieder, sich zu verteidigen. Ohne Richter, Staatsanwälte, Anwälte, Kommissare, Notare, die die Justiz bürokratisierten und verteuerten, wurde sie billig, erschwinglich, gerecht.

Jetzt sitzen die halbjährlich in jede Stadt berufenen Richtenden den ganzen Morgen da, rechts neben sich den Tätowierer, links den Beringer. Der Prozeß ist einfach: Das Volk schafft den Kläger und den Angeklagten herbei, damit sie dort ihre Klagen vorbringen. Nimmt der Richtende die Beschwerde an, wird das Urteil sofort vollstreckt. Der Tätowierer schmückt das Opfer mit einer nicht abwaschbaren, gut sichtbaren Tätowierung. So schön er sie irgend machen kann. Gleichzeitig legt der Beringer dem Angreifer einen einpfündigen Eisenring um den Hals, den er in seinem Leben nicht mehr abmachen kann.

Es gibt Leute, die Stirn, Wangen und Kinn voller ehrenwerter Tätowierungen haben. Es gibt auch solche, die mit steifem Kopf und vom Gewicht der Ringe, die sie tragen, vorgebeugtem Körper herumlaufen. Wo sie auftauchen, wollen alle wissen, wie sie dazu gekommen sind. Und sie erzählen stolz ihre Geschichten:

- Diese Tätowierung hier, auf der linken Schläfe, habe ich bekommen, als ein Mitbürger mir die Uhr gestohlen und dazu noch das Gesicht zerschlagen hat. Ich habe einen solchen Aufruhr gemacht, daß wir den Kerl gefaßt und beringt haben.
- Mein dritter Ring hier ist eine Verkehrssache. Den habe ich bekommen, als sich ein Mädchen auf der Avenida Copacabana wegen mir das Bein gebrochen hat.

»Was für Wahnsinnssachen habt ihr sonst noch gemacht? Erzählt mal!« bittet Orelhão und findet, es sei bewiesen, daß diese Nonnen wirklich verrückt sind.

Uxa, die zu gern redet, erzählt, daß die Erziehung noch reformiert wird. Sie befürchtet, daß sie bei der Menge von Neuerungen mit dem Reformieren nie fertig werden.

Die Zielvorstellung ist, daß derjenige, der etwas weiß, es dem beibringt, der es nicht weiß. Die Hauptmotivation ist, diejenigen, die aufs Unterrichten wild sind und fünf Schüler auftreiben, von der halbjährlichen Rotation zu befreien, damit sie nur noch unterrichten, spazierengehen, forschen oder machen, wozu sie gerade Lust haben.

So kommt es, daß ein Großteil der über Dreißigjährigen den anderen alles Mögliche beibringt. Das kann ebensogut Schnellesen wie gotische Schönschrift, die Herstellung hausgemachten Fruchteises am Stiel, Rechnen mit den Abakus oder Computerhäkeln sein.

Die Kinder und Jugendlichen leiden gewaltig unter der Verfolgung durch die Wahnsinnigen, die ihnen Molekularbiologie oder Korbstuhlflechten beibringen wollen. »Eine meiner Nichten«, erzählt Uxa, »ist verrückt geworden. Sie studierte gleichzeitig Yoga nach dem Kamasutra, die Menschenfresserei bei den Tupinambaras, mexikanische Kochkunst, arabische Typographie und die marxistisch-gramscianisch-jungianische Analyse der darcianischen Sprache.«[1]

»Bei so viel Fleiß muß diese Nichte ja ganz schön häßlich gewesen sein«, kommentiert Orelhão.

Seit er im Land der Nonnen angekommen war, fragte Orelhão immer wieder nach den Touristen. Er wollte wissen, ob schon einer dort aufgetaucht sei. Er erklärte dann bis in alle Einzelheiten, wie sie sind. Sie laufen paarweise herum, nackt, tragen auf der Brust den Fotoapparat, schräg umgehängt das Tonbandgerät, dazu noch einen Stock auf den Schultern, um Sachen und Essen in einem Stoffbündel zu tragen. Sie benutzen keinerlei Waffen.

Die Nonnen bestehen darauf, daß sie noch nie einen Touristen gesehen haben. Schon gar nicht solche unmöglichen Typen. Sie sehen sich an, finden diese Geschichte ebenso wie die vom Guayanischen Krieg befremdlich: »Dieser Leutnant ist verrückt.« Manchmal werden sie ägerlich:

»Du phantasierst, Junge! Wie kann denn so ein Tourist nackt aus dem Wald kommen?«

1 Anspielung des Autors auf seine eigene Art zu schreiben.

Er kommt immer wieder darauf zurück. Er will wirklich wissen, ob er sich nördlich oder südlich des Amazonas befindet, weil nämlich der südliche Amazonas das Touristengebiet ist, von dem sein Brasilien lebt. Arbeiter aus der ganzen Welt können, wenn sie zwei Monatsgehälter zahlen, einen Monat mit der Mutter oder der Freundin im Urwald verbringen. In den Monaten September bis Januar, wenn die grüne Hölle zum irdischen Paradies wird, voller Früchte, Fische und Wild, ist die Touristenflut enorm.

An jedem Bach hört man Sprachen und Dialekte aus der ganzen Welt, obwohl jedes Paar von den anderen eigentlich fernbleiben möchte. Aber es sind so viele, daß sie doch immer wieder auf Fremde stoßen und versuchen, miteinander zu sprechen.

Bei der Rückkehr in sein Land nimmt jeder Tourist Unmengen Fotos und Tonbandaufnahmen mit, die er für den Rest seines Lebens den Freunden vorführt. Wer noch nie am Amazonas war, kommt um vor Neid.

Das Geschäft ist äußerst lukrativ. Die Brasilianer leben davon. Der einzige Nachteil ist, daß es zu schön ist. Viele Touristen, die dieses idyllische Leben lieben – vor allem die Russen, Kanadier und Skandinavier –, wollen ihr ganzes Leben lang dort bleiben. Die Armen! Sie sterben, wenn das Wasser steigt und alles überschwemmt.

Im Männerhaus erklärt Orelhão den Indios, was Geld ist. Er malt einen Hunderterschein auf ein Sororocablatt und zeigt:

»Dagegen kannst du eintauschen, was du willst: Streichhölzer, Bonbons, Seife.«

»Wie ist das? Ich will auch welches! Wer schenkt es mir?«

»Niemand schenkt einem Geld. Man muß es gegen

Arbeit eintauschen: verdienen. Jeder arbeitet den ganzen Tag für den Chef, denn man braucht immer Geld, um was zum Essen zu kaufen: Bananen, Maniok. Und was zum Anziehen. Für alles, was man braucht.«

»Wie ist das? Was ist arbeiten?«

»Sachen herstellen: Messer, Scheren. Das ist unterrichten. Das ist Maniok anbauen. Aber man kann die Dinge nicht für sich selber machen, es muß alles für den Chef gemacht werden, der sich die Dinge aneignet und mit Geld bezahlt.«

»Wie ist das? Wozu denn Geld?«

»Also: um das zu kaufen, was man braucht. Mit jedem Geldbetrag kann man jedesmal nur eine Sache kaufen. Beim Kaufen verbraucht man es. Man muß neues Geld verdienen, um andere Sachen zu kaufen. Kleidung oder Messer, Salz oder ein Haus. Es gibt großes und kleines Geld, denn einige Dinge sind billig, andere kosten dich ein Vermögen.«

»Wie ist das?«

»So ist das. Du gibst den genauen Betrag an Geld und bekommst, was du gekauft hast. Schluß. Das Geld wandert weiter, in die Hand eines anderen, der dann kauft, was er will.«

»Wie ist das?«

Von der Dickschädeligkeit der Galibi entmutigt, ging Orelhão zu den Nonnen, um mit ihnen zu reden. Diesmal erschien er sauer und aggressiv und wollte die beiden zum Teufel wünschen.

»Also, was für ein Quatsch ist denn das nun wieder, den Wilden zu erzählen, in Brasilien hätten die Frauen das Sagen?«

»Hör auf mit dem Gerede, Orelhão! Du langweilst mich«, sagt Tivi.

»Das habe ich aber gehört. Sie erzählten, ihr hättet

gesagt, wir lebten dort in Häusern, die den Frauen gehören. Sie sagen sogar, daß dort in Brasilien die Väter die Geliebten der Mütter sind – halbwegs aus Gefälligkeit untergebracht wie Gäste. Wenn die Frauen sich ärgern, schicken sie sogar die Männer weg. Das kann doch nicht angehen.«

»Und ist das denn nicht mehr oder weniger so?« fragt Uxa und hört mit dem Häkeln auf.

»Daß ihr als Evangelische solche Vorstellungen habt, wundert mich. Im wirklichen Brasilien ist das, Gott sei Dank, überhaupt nicht so. Meine Leute leben alle ordentlich und nicht in so unsäglichen Verhältnissen. Wir leben christlich. Jedes Ehepaar lebt in einem Haus für sich. Es kümmert sich allein um die zwei, drei Kinderchen. Der Mann geht jeden Tag zur Arbeit weg und auch abends, wenn er will, um sich zu amüsieren. Die Frau bleibt im Haus, kocht, fegt, wäscht und bügelt, kümmert sich um die Kleinen. Sie ist die Königin des Heims. Aber er ist das Familienoberhaupt.«

»So war das auch bei uns«, sagt Tivi. »Aber das setzte Schimmel an, verdarb, klappte nicht mehr. Es fehlten Wohnungen für viele Familien. Der INPS machte Pleite und dann der BNH. Die Frauen fingen an zu arbeiten, trieben sich herum, verließen die Männer – und wie. In den Händen von Stiefmüttern und Stiefvätern verkamen die Kinder. Das mußte reformiert werden.«

Es gab eine rabiate Diskussion. Die ehemals stille Hütte der Nonnen erzitterte unter dem Lärm der hitzigen Debatte. Jeder hat seine feste Meinung. Orelhão zählt die Tugenden der christlichen Familie auf: die Mutter, Königin des Heims, usw.

»Ach, Orelhão, laß mich an Land.«

Die Nonnen räumen ein, daß in ihrem Brasilien noch einige trotzig an der alten Form festhalten, die allmählich undurchführbar wird. Die alte, reiche, traditionelle Familie, in der die Eltern der Vergnügungssucht verfallen und die Kinder mit den Chauffeuren und Dienstmädchen leben, ist selbstverständlich mit der Rotation verschwunden. Die proletarische Familie hingegen will unbedingt weiter mit ihren vielen Kindern leben, die den Müll nach etwas Eßbarem durchwühlen und unter der Anleitung der Polizei ein Intensivtraining in Verbrechen machen. Aber es gibt Pläne, alle für ein bukolisches Leben zu ruralisieren.

»Sie waren gerade dabei, als ich wegging«, sagt Orelhão. »Die gebärfreudigen Frauen wurden verpillt und die zeugungstüchtigen Männer kastriert.«

Im Brasilien der Nonnen änderte sich alles, als das Gesetz der Brüderlichkeit verabschiedet wurde, das die Liebe als Basis der Familie vorschreibt und die Solidarische und Freiheitliche Bruderschaft schuf.

Haben Sie begriffen, wie die Sache läuft, liebe Leserin? Wenn ich es recht verstanden habe, beruht die Rationalität ihres Systems auf der Feststellung, daß die Liebe – gerade weil sie die stärkste und befriedigendste Erfahrung im Leben ist – keinesfalls die Grundlage für die Stabilität der Familie sein kann. In der Tat sind Liebe und Familie – mit der Verpflichtung, das Kind zu gebären, zu nähren und zu versorgen – nur deswegen unvereinbar, weil Liebe im Leben eines jeden mehrfach vorkommen kann und es machbar und sogar empfehlenswert ist, häufig zu lieben und, wenn möglich, mehr als eine Person zugleich.

Um gut zu gedeihen, kann die Liebe nicht in die Familie eingesperrt sein. Sie braucht Freiheit. Nicht einmal die Familie kann auf ihr fußen, um die notwendige Zeit zu bestehen und anzudauern.

Eine einfache Rechnung beweist dies: Eine Frau, die

drei oder vier Kinder im Abstand von drei oder vier Jahren bekommt, braucht dafür etwa fünfzehn Jahre. Da sie jedes bis zum Alter von vierzehn Jahren versorgt, ist sie damit mindestens zwanzig Jahre beschäftigt. Welche Liebe währt so lange?

So entschied man sich für die Aufeinanderfolge in der Liebe und für die Brüderlichkeit in der Familie aus Blut- oder Wahlschwestern, die beschließen zusammenzuleben und die Kinder aufzuziehen. Das ist nun der Clou: Jedes Haus – mit zehn, zwölf Frauen und zwanzig, dreißig Kindern, unverheirateten, getrennt lebenden oder verwitweten Onkeln oder Liebhabern der Frauen – ist Kinderkrippe und Bordell.

»Alle sind zufrieden«, schließt Tivi.

»Das ist Kommunismus! Hat die Partei denn schon gewonnen?« fragt Orelhão.

»Ach was, Kindchen. Sei kein Ketzer«, schimpft Uxa.

Tivi steht ganz erhitzt mit ihrer Näharbeit in der Hand auf und geht halb vorgebeugt, weil das Strohdach niedrig und der Raum zwischen den Hängematten und Truhen eng ist, im Kreis herum. Uxa häkelt ihre unnützen Tangas noch weitmaschiger.

Orelhão geht, und die beiden Nonnen bleiben besorgt zurück. Tivi regt sich auf, denkt laut: »Unsere Indios sind wahre Heiden: unschuldig. Dieser Schwarze nicht, er ist abtrünnig. Er kennt die offenbarte Wahrheit und lehnt sie ab. Er kennt Gottes Wort und verabscheut es. Wir leben mit der Häresie zusammen. Was wird aus uns?«

»Am Anfang hörte uns Orelhão zu, betete mit uns, ja, er fastete sogar an den Tagen der Enthaltsamkeit. Jetzt kümmert er sich nur noch um Schweinkram. Ein verhängnisvoller, verderblicher Einfluß!«

Cunhãmbebe

Bei ihren Gesprächen über hohe missionarische Angelegenheiten geraten sich Uxa und Orelhão häufig in die Wolle. Tivi mag nicht an solchen Diskussionen teilnehmen. Sie ist ganz auf die kleinen Indios und ihren werten Caliban konzentriert.

»Will Gott wirklich diese Horde von Wilden bekehren? Wenn er wollte, würde er helfen«, argumentiert Orelhão.

Uxa ärgert sich, stimmt aber zu, daß das größte Rätsel dieser Welt darin besteht, daß das Wunder nicht geschieht. Daß Gott gleichgültig bleibt.

Der Schwarze fährt in heller Begeisterung fort: »Sollte Gott wirklich diese Indios gemacht und vom Anfang aller Zeiten hier verborgen gehalten haben, damit sie auf euch warten? Das kann doch nicht angehen. Ein Volk aus der Zeit von Adam und Eva, das hier einfach in Unschuld vor sich hinlebt!«

Der Schwarze scheint recht zu haben. »Es ist nicht glaubhaft, daß Gott all diese Heiden gemacht hat, die in

Brasilien seit dem Tag der ›Entdeckung‹ verbraucht wurden, nur um die Missionare im Martyrium zu prüfen und zu heiligen. Ich finde das alles zweifelhaft. Die Missionare kämpfen Jahre, Jahrzehnte, vergeuden ihr Leben für nichts und wieder nichts in dieser frommen Beharrlichkeit. Jede neue Indiogeneration – wie Juden oder Zigeuner – wird als Indio geboren und bleibt im Innersten Indio; in uns sehen sie die anderen: die Christen.

Liegt das daran, daß wir selber in ihnen nur die Wilden sehen, die sie waren? Es gibt viel zu viele Caboclos mit Indiogesichtern und Sertanejoköpfen. Das sind keine Indios. Das sind Mestizen, Kinder von Fremden, im Bauch einer India gezeugt, die über sich selbst nichts wissend geboren wurden und denken, sie seien weiß, europäisch, westlich und sogar christlich. So sind wir Brasilianer: ent-tribalisierte, entindianisierte, entwurzelte Indios. Die Indios selber, die in ihren Dörfern blieben, können allem Katechismus zum Trotz nur Indios sein. Indios durchmaßen Jahrhunderte. Indios werden in die zukünftige Zivilisation eingehen.«

»Gott mag offensichtlich keine Missionen. Wenn er sie mögen würde, würde er helfen.«

»Lästere nicht, Junge! Vorsicht! Du sündigst. Wir führen hier – Gott sei gelobt – den Kampf der Kreuzritter gegen die Häretiker im Heiligen Land weiter.« Uxas Ausbruch wird von Tivi gebremst, die zugehört hatte:

»Übertreib nicht, Uxa, wir nehmen nur die Arbeit Anchietas wieder auf, von Vieira[1] und all den anderen heiligen und seligen Männern, die sich aufgeopfert haben, um diese Völker vom Heidentum zu befreien. Die

1 *Padre António Vieira,* 1608–1697, Jesuitenpater, Missionar in Brasilien. Setzte sich gegen den Widerstand der Siedler dafür ein, die Indios nicht zu versklaven. Schrieb berühmte Predigten (siehe auch: Die Neue Welt, a.a.O.).

Galibis sind keine Häretiker! Sie sind Heiden. Die Armen.«

»Was soll das heißen«, greift Orelhão an. »Blödsinn. Gibt es jemanden, der glaubt, Gott hätte diese Galibis hier vom Christentum nur ferngehalten, um euch beide zu erfreuen? Alles Quatsch. Diese Welt, die er geschenkt hat, ist zum Teufel. Der wahre Priester Gottes hier in Galibia ist Cunhãmbebe, der Medizinmann; das sind weder du noch Tivi.«

Uxa steht auf, wischt die Hände am Rock ab und geht äußerst erbost hinaus. Tivi setzt sich mit dem Rücken zu Orelhão auf die Truhe. Nichts macht die Nonnen fuchtiger, als wenn vom Zauberer die Rede ist.

Der Medizinmann ist der Hüter der Flöten und der Masken, die sie niemals gesehen haben. Er ist der Diener des Dämon, der die Indios in der Finsternis gefangen hält. Er ist vor allem der Konkurrent und mächtige Gegner, bewaffnet mit Kräften, die sie nicht leugnen.

Seine letzte Heldentat war die Gemeinheit, mit der er sich an seiner leichtfertigen Frau rächte. Obwohl er wußte, daß sie häufig mit ihrem Schwager vögelte, sagte Cunhãmbebe nichts. Er spuckte nur in die Hände und streichelte damit den Bauch der Frau, als sie ihm im Hof Essen gab.

Am nächsten Tag wurde das Unheil sichtbar, als die beiden im Wald anfingen, um Hilfe zu rufen. Beim Vögeln blieben beide ineinander verkeilt wie Hunde. Die Frau mühte sich derart beim Versuch, sich zu befreien, daß sie den Pimmel des Armen so lang zog, bis er vor Schmerzen schrie. Er drehte sich, um aus ihr herauszukommen, so häufig, daß sein Pimmel schraubenförmig wurde. Er brüllte verzweifelt.

Der Medizinmann ließ die beiden an jenem Tag und

auch am darauf folgenden leiden und heulen. Er willigte nur ein, zu helfen, als die Schwiegermutter kam und die jüngste Tochter mitbrachte.

»Diese Fickerin will ich nicht mehr.«

Mit Spucke hatte er sie zusammengeklebt, mit Spucke löste er sie wieder voneinander.

Am meisten hat Cunhãmbebe bei den Festen Juruparis zu tun. Er befehligt alles, wenn die Masken aus dem Hof kommen, das Dorf umkreisen und die Frauen mit dem heiseren Klang der heiligen Flöten verschrecken. Wohlberaten verstecken die Nonnen sich ängstlich mit den Kindern und den Frauen. Sie halten sich mit den Händen die Ohren zu und vergraben das Gesicht zwischen den Schenkeln, damit alle genau sehen, daß sie von all diesen Scheußlichkeiten nichts hören und sehen wollen. Sie wissen genau, was die Strafe für jede Frau ist, die dabei erwischt wird, wie sie, neugierig auf die Anwesenheit Juruparis, versucht, etwas zu hören oder zu sehen: Sie wird getötet, von allen Männern zu Tode geschändet.

Gegen die Macht Gottes sind dieser Dämon Jurupari und sein Priester Cunhãmbebe die einzig wirksame Kraft in dieser Galibiwelt. Diese Flöten und diese Masken sind keine Darstellungen, sie sind Jurupari selber; in ihnen lebt er, handelt er. Der Medizinmann ist wie jeder Priester nur einer, der die Messe zelebriert. Ein besonderer Priester allerdings, das ist wahr, ein dämonischer, wegen seiner ketzerischen Weisheit: der schwarze Hirte dieses unschuldigen Indianervolks. Er ist der Ketzer inmitten der Heiden. Er sündigt nicht einmal, da er der schwarze Engel, der Bruder Luzifers ist, der nur das Schicksal erfüllt, das ihm die Heiligkeit gab. Die Mission der Nonnen ist es, dieses Indiovolk, das er im Verderben gefangen hält, zu retten.

Uxas und Tivis einziger Sieg über den Medizinmann war, daß sie Caliban dazu gebracht haben, auf dem Giebel des Männerhauses eine kleine Glocke aufzuhängen, die sie unter viel Mühen zur Mission geschleppt hatten. Dort schwingt und läutet sie zu jeder Tageszeit, durch die Hand irgendeines Verrückten bewegt, und verkündet Gottes Wort über den heiligen Tieren und ihrer Flötensprache.

Das Läuten des Glöckchens dort, wo sie nicht hineindürfen, erfüllt die Nonnen mit unendlichem Jubel. Die beiden lachen getröstet: Diese Welt gehört Gott, sie muß zurückgewonnen werden.

Tivi betet um Gnade. Aus Angst, enttäuscht zu werden, mag sie nicht darüber sprechen. Ihr Traum und Vorsatz ist es, von Gott das Wunder der Bekehrung Calibans zu erreichen. Von Christus erobert, wird er das Männerhaus anzünden, die Masken und Flöten verbrennen, die Männer hinauswerfen und sie zwingen, christlich mit ihren Frauen zu leben. Jedes Paar in seinem Haus, ohne Sodomie, Ehebruch und Inzest. Caliban wird unser Chlodwig[1] sein.

Uxa rekonstruiert für Pitum die Geschichte der Mission. Sie erzählt salbungsvoll vom guten Kampf, den sie seit Jahren gegen das Heidentum dieses ungläubigen Galibistammes führen.

»Apropos Taufen, getauft haben wir sehr viel«, sagt sie. »Wir haben tatsächlich alle Männer und Frauen, große und kleine, die starben, seitdem wir hier sind, in ihrer Todesstunde getauft. Viele haben durch unsere Hände im Sterben das wahre Leben erhalten. Nachdem sie durch

1 *Chlodwig I,* 466–511. Frankenkönig aus dem Hause der Merowinger. Er bekehrte sich zum Katholizismus und schuf mit der Gründung eines fränkischen Einheitsreiches von der Garonne bis zum Rhein die Grundlage für die Entwicklung des Abendlandes.

das Taufwasser von ihren Sünden reingewaschen und die Kommunion durch die Letzte Ölung empfangen hatten, hüpften sie aus der Finsternis des Heidentums empor zur Herrlichkeit Gottes. Nur dieser Axĩ entkam, der, nachdem er bekehrt, getauft und geölt war, überlebte, um in das schändliche Leben zurückzufallen.«

»Und die Sterbenden akzeptieren diese Taufen?« fragt Pitum.

»Sie akzeptieren sie sogar sehr gut. Warum sollten sie das ewige Leben ablehnen? Diese Heiden«, gibt Uxa zu, »sind in einem vollkommen: Sie glauben alles, was wir sagen.«

»Andere Sakramente feiern wir nicht. Dafür fehlt uns ein Priester. Diese Armen haben weder je am Opfer der Heiligen Messe teilgenommen – sie essen nur Uxas Abendmahl – noch an einem bischöflichen, feierlichen Taufakt. Die Beichte allerdings gerät mir immer daneben. Wenn ich einen Indio oder eine India dazu bringe, über ihre Schandtat zu sprechen, beginnen sie derart mit Stolz und Überheblichkeit über ihre Missetaten zu berichten, daß sie gleich wieder aus Hochmut sündigen und ich gegen die menschliche Achtung.«

Mit der Ehe, die so wichtig ist, um dem hier blühenden Inzest, der Polygamie und dem Ehebruch ein Ende zu bereiten, ist es noch viel schwieriger. Dies haben sie aus eigener Erfahrung gelernt, als Uruãtã, der beste Galibijäger, damit einverstanden war, seine älteste Frau gegen ein großes Messer einzutauschen und mit ihrer kleinen Schwester vorlieb zu nehmen. Die Alte hat einen furchtbaren Skandal veranstaltet. Die Frauen haben sich mit einem Höllenaufstand dagegen gewehrt. Sie haben fast die Nonnen aus dem Dorf gejagt. Noch heute büßen sie für ihren Übereifer. Den Ehebruch bekämpfen sie jetzt nur damit, daß sie die Kinder gegen die Liebemacher im Urwald aufstacheln. Im übrigen legt Uxa ihre ganze Hoffnung, die Galibi zu bekehren, in diese Kinderbande.

Ihr geheimster Traum ist es, einen von ihnen eines Tages zum Priester der Heiligen Kirche zu weihen. Dieses Ziel steht hinter den frommen Spielen, die die beiden inszenieren, in denen Gott und der Teufel hartnäckig miteinander kämpfen. Der Teufel, der Arme, kommt ganz verkleidet aus den Tiefen seiner Hölle, nur um demaskiert und verspottet zu werden. Gott erscheint immer als ein leuchtender, wunderschöner, über und über mit gelben Japufedern geschmückter Knabe.

»Das sind Tivis Erfindungen. Immer auf Neuheiten aus!« beschwert sich Uxa.

Außer diesen Spielen organisieren sie schöne Singfeste mit Chören, in die die Indios begeistert einstimmen. Sie veranstalten auch ausgeschmückte Prozessionen, bei denen Kinder Engelchen und kleine Heilige darstellen und Tivi mit ihrer Flöte vorangeht und auf Lusitanisch singt:

... im Himmel, im Himmel
werde ich bei meiner Mutter sein...

Ihre große Zeremonie ist die Andacht, an der das ganze Indiovolk lärmend teilnimmt. Sogar Cunhãmbebe sitzt da und guckt zu. Das sind Nachmittage mit öffentlicher Beichte, bei der die Kinder zum Tamburinschlag Uxas fröhlich herumtanzen und ein Knirps oder eine Knirpsin in regelmäßigen Abständen die Vögeleien denunzieren, die sie gesehen haben. Das herumsitzende Indiovolk liebt dieses Schauspiel. Alle brechen jedesmal in schallendes Gelächter aus, wenn ein pflichtvergessenes Paar denunziert wird, und schreien:

»Liebesschaukelei, Liebesschaukelei.«

So legen die Nonnen ganz allmählich den perversen

Instinkten dieser unschuldigen Galibis Zügel an. Sie wissen jedoch genau, daß die Errettung dieser Heiden von Gottes Willen abhängt. Sie tragen ihren Teil dazu bei, indem sie die Kinder traktieren. Ihre Seelen, die jetzt noch grün sind, zart, mit Milchzähnen oder zahnlos mehr lecken als beißen können, werden, wenn sie mit den christlichen Tugenden wohl indoktriniert sind, erblühen, um die neue Christenheit aufzubauen. Mit den Stimmen der Kinder erziehen sie auch die Eltern. Morgen, wenn die Eltern tot sind, wird mit der neuen Generation ein christliches Galibia entstehen, Blüte und Frucht ihrer Predigten.

Seien wir einmal ernst, liebe(r) Leser(in). Es ist an der Zeit, diese Geschichte kritisch abzuwägen. In der guten Belletristik ist die Handlung wichtig, aber sie reicht nicht aus. Ein wenig essayistische Philosophie ist auch notwendig. Auf geht's.

Meiner Meinung und Überzeugung nach muß ein Wilder, um echt zu sein, wilde Sachen machen, so wie ein Christ in Barmherzigkeit und Nächstenliebe lebt. Stekken sie sich gegenseitig an, wird die Zivilisation wild und die Wildheit christlich, was nur das traurige Ergebnis von verwilderten Christen und frommen Wilden zur Folge hat.

Diese Galibis sind zahlen- und gradmäßig wild, worin Sie mir zustimmen werden. Ich zweifle nicht daran. Sie sind nicht nur Wilde als Waldmenschen, die im Urwald leben, der der Wohnort der Wilden ist, sondern auch aufgrund ihrer geistigen Qualitäten oder, genauer gesagt, wegen des Fehlens derselben.

Als wilde Waldbewohner sind sie so autochthon wie die einheimischen Tiere. In dem Maße, wie wir Fremde sind, sind sie Ureinwohner, das heißt Leute, die hier in den Tropen entweder durch Spontanzeugung oder irgendeine östliche Transplantation entstanden sind.

Das Erschreckende an ihnen ist, daß sie es fertig bringen, inmitten des Überflusses der tropischen Natur so zivilisationsrachitisch aufzuwachsen. Sie scheinen unvollständig zu sein, unfertig aus den Händen des Schöpfers zu kommen, noch grün: roh.

Sie sind vor allem deshalb Wilde, weil sie keinen Ausdruck ihrer Zivilität besitzen, sei es in Form dauerhafter Werke aus Stein und Kalk – selbst wenn es die Ruinen anderer Völker sind – noch in Form blühenden Reichtums oder bettelarmer Armut, und zwar ordentlich differenziert, wie es sich für jede zivilisierte Nation gehört, die etwas auf sich hält.

Ihr Wildsein ist vor allem offenkundig, weil sie weder einen Glauben, einen König noch ein Gesetz haben, wie es bei den staatsbürgerlich organisierten Völkern ist. Anders wäre das nur, wenn wir der Meinung sind, daß dieser Taugenichts Caliban ein König ist oder daß ihre Unsitten Gesetze sind und dieser Cunhãmbebe kein Hexer, sondern ein Priester ist. Aber dann gäbe es keine Wilden, und wenn es die nicht gäbe, auch keine Zivilisation oder Christentum: Alles wäre ein Riesendurcheinander.

Ich gebe dennoch zu, daß sie gute Wilde sind. Dieses, weil sie auf ihre Art weder Inzest noch Polygamie noch andere Schändlichkeiten begehen, weil sie weder Kannibalen sind noch nackt leben. Hüten wir uns jedoch vor voreiligen Urteilen: Aus unserer Sicht – und nur sie ist wirklich wichtig – ist dies alles fragwürdig. Wer würde ohne Unmengen ethnologischen Wissens behaupten, daß diese Indios mit ihren zur Schau gestellten Eiern und Mösen nicht splitternackt sind? Sie sind nur durch den unanständigen Kunstgriff eines Baumwollschleifchens an ihrem Mast und einer Strohschnur vor ihrer Muschi bekleidet.

Die wahre Bekleidung dieser Wilden ist womöglich, daß sie bemalt und federgeschmückt herumlaufen, wie wir in unseren Anzügen stecken. Nein, die wahre Wahrheit, mit der sie bekleidet sind, ist ihre Unschuld, wie die der Tiere. Wer würde von einem Jaguar oder einem Hund behaupten, er sei nackt? Aber ein Mann ist ein Mann – lieber Leser, liebe Leserin –, und ein integrer Mann ist deshalb ein Mann, weil er unbekleidet nackt ist. Und dann erst die Frauen! Es gibt gar keine Unschuld, die die Unkeuschheit einer zivilisierten Frau bekleidete. Ausgezogen ist sie nackt, splitternackt, brutal entblößt, unanständig.

Die Menschenfresserei, der Prüfstein fürs Wildsein, wird hier nicht als Kannibalismus praktiziert, da es ein Kult ist. Was heißt Menschenfleisch essen: Sie essen es wohl, aber nur in ihrem scharfen Maniokbrei, den sie aus den toten Verwandten machen, um sie in ihren Köpfen weiterleben zu lassen.

Inzest ist hier für jedermann ein Dickicht, der die Heirat zwischen einem Onkel und der Tochter der Schwester als Inzest empfindet. Hier heißt man nur die Heirat zwischen dem Onkel und der Tochter des Bruders nicht gut. Kapiert? Ich nicht.

Als Perversionen zu bezeichnende Schändlichkeiten werden hier nicht registriert. Ich würde auch nicht meine Zustimmung zur Verbreitung einer derartigen Verleumdung der Väter des Vaterlandes geben. Einige männliche Galibi sprechen der Sodomie kräftig zu, aber sie wird heutzutage so offen gezeigt, daß sie schon nicht einmal mehr eine läßliche Sünde ist.

Das mit der Polygamie hat auch so seine Haken und Ösen. Kein Indio hat einen arabischen Harem oder einen Serail mit Odalisken. Aber jede Frau ist die Nebenbuhlerin der Bauchschwester irgendeiner anderen, und jeder Mann stößt mit den Hörnern. Vor allem, wenn seine Frau gut ist. Der Mann, der sich entfernt, selbst wenn er zur Jagd geht, weiß, daß die Frau mit ihrem Liebsten im Urwald verschwindet. Würden die Kinder nicht aufpassen, würde das hier zum Motel.

Die hohe zivilisatorische Qualität der Galibi ist, daß sie nicht mehr ohne Schrift sind, da alle Männer schreibkundig sind. Man muß jedoch daran erinnern, daß sie nicht unsere Literatur lesen, sondern nur ihre Sprache. Und was ist diese Schrift wert, da sie doch keine literarischen Zeugnisse hat? Wie Uxa so richtig sagt, war die Alphabetisierung dieses Stammes eine Riesendummheit der romantischen Tivi.

Bleibt nur die Frage, ob es barmherzig von diesen beiden Nonnen ist, die Galibis aus ihrer Unschuld zu befreien, um ihnen das Wort Gottes zu schenken. Wenn man bedenkt, daß sie die Erlösung umsonst verschenken, verlangen sie dann nicht einen furchtbaren Preis dafür? Öffnen sie diesen armen Indios nicht das Tor zur Hölle?

Solange sie Heiden waren, das offenbarte Wort nicht kannten, waren sie unwissend, daher unschuldig und somit der Schuld und der Sünde unfähig. Indem sie die frohe Botschaft erhielten und mit ihr das Wissen und die Arglist, bekommen sie Belohnungen und Strafen für Gutes und Böses, das sie tun. Die Erlösung wird zum Verderben. Im Naturzustand des Heidentums konnten sie weder Ungläubige, Häretiker noch Apostaten sein, weil ein Heide dazu nicht die Kompetenz besitzt. Bekehrt sind sie am Arsch.

Auf dem Trip

Für die Nonnen steckt diese Indio-Welt mehr als jede andere in den Klauen des Satans.

Gott hat hier nur für sich das menschliche Aussehen aufgehoben, das die Indios normalerweise haben. Eben dieses verwandelt sich aber – sagen sie – von Zeit zu Zeit, wenn Cunhãmbebe auf den Plan tritt. Dann werden sie zu Caititus, Tamanduás, Schlangen und allem möglichen Getier. Alles durch die Wirkung des Caapi, auch Auasca genannt, die starke Droge, die der Medizinmann aus der weiß was für Rinde macht.

Die Indios behaupten, vom Tapirmenschen, dem Liebhaber der Sucuri, gelernt zu haben, die starke Droge zu nehmen.

»Alles Hirngespinste«, sagt Tivi. »Mystifikationen des Teufels. Die Wahrheit, die sich hinter diesem Gerücht verbirgt, die jeder, der sehen will, sehen kann, ist die, daß jene Sucuri überhaupt keine Schlange war, sondern der Teufel selber, der sich in eine Frau verwandelt hatte.«

»Wer anders als der Teufel oder in diesem Fall die Teufelin wäre sonst zu solchen Manövern fähig?« fragt Tivi und fährt fort: »Der Indio, der das Geheimnis des Caapi hierherbrachte, hat den Tapir betrogen und trat an seine Stelle, um mit Sucuri zu schlafen. Bei ihrem ersten Treffen verwandelte sich die Schlange, da sie nicht wußte, wie sie dem Unbekannten, der sich auf sie gestürzt hatte, gefallen konnte, in eine Äffin, aber das klappte nicht: Sie war zu eng. Dann wurde sie zum Frosch; der war zu glitschig. Dann probierte sie einfach eine Hirschkuh oder ein Faultier zu sein: Das war alles nichts. Vor Wut wurde sie zum Puma, und der Mann erschrak, lief beinahe weg. Da keine dieser Formen ihm gefiel, kam die Dämonin darauf, in die Gestalt einer vögelnden Frau zu schlüpfen: Das war eine Orgie.«

»Und so stürzte dieser Indio ins Verderben, verließ die Familie und wurde mit zur Hölle genommen«, schließt Tivi. Und übersetzt dann das Gespräch dem Tuxaua, der inzwischen dazugekommen war. Dabei geriet sie völlig durcheinander. Er stimmte sogleich ihrer Deutung zu:

»Es ist wahr, dieses Caapi sieht ganz nach Teufelszeug aus. Alles, was es macht, ist nicht recht, aber köstlich und machtvoll. Das Caapi kann durchaus vom Teufel stammen. Du übrigens auch, Tivi.« Und von da an nannte er Tivi Gottes Teufelin.

»Du mußt unbedingt Caapi nehmen, Teufelin, um high zu werden und es mit mir zu treiben. Das wird herrlich: Du fliegst verwandelt, mit mir vögelnd, schaukelnd, Engelchen gebärend in den Himmel. Das wird herrlich sein, Teufelin.«

Caliban und alle Indios finden das Caapi – ob nun göttlich oder dämonisch – einfach phantastisch.

»Gut für Jungen. Vor allem gut für Männer. Nur für Frauen ist es nicht so gut. Sie werden zu heiß. Die Jungen lernen im Caapirausch jagen, wenn die Seele aus ihnen herausfliegt, um mit den Tieren zu leben, und sie in ihre Geheimnisse eindringen. Bei diesen Reisen bekommen sie Freunde, Beschützer und, indem sie sehen, wie jedes Tier ist, gewinnen sie Mut. Wenn plötzlich ein Tier vor ihnen steht, eines von denen, die da herumlaufen, haben sie keine Angst mehr.«

»Der Urwald ist furchterregend für Kinder, und sogar Erwachsenen macht er angst. Diese riesigen Bäume pakken einen, wenn sie aus der Realität treten, mit den Zweigen und schleudern einen nach oben, und man wird zum Affen.«

»Wer würde uns ohne Caapi beibringen, mit den Tieren zu reden? Wer würde uns lehren, die Bäume zu verstehen? Wer würde uns helfen, keine Furcht zu haben?«

Eine der wenigen Freuden der Nonnen ist das Wissen darum, daß Pitum das Caapi nicht verträgt. Aber sie raten ihm immer wieder, der Versuchung zu widerstehen: »Nimm das nicht, Leutnant. Du wirst verrückt, kriegst die Panik, wirst zum Tier.« Sie finden, daß diese indianische Droge in ihrer Bedrohlichkeit so fürchterlich ist, daß sie wirklich dämonisch ist. Nicht das gewöhnliche Caapi, das einige Männer täglich mit ihrer Parica-Prise dort im Männerhaus nehmen. Das ist gar nichts. Zu fürchten, fürchterlich ist es, wenn der ganze Stamm Caapi nimmt. Dabei kommt ein gotteslästerlicher und verrückter Karneval heraus, an dem selbst Frauen und Kinder teilnehmen.

»Alle werden wahnsinnig, geil, verzweifelt. Viele sterben sogar und verschlingen sich gegenseitig in ihren Halluzinationen, in ihrer teuflischen Lust.« Sie erzählen Orelhão detailliert vom Beginn einer solchen Caapiorgie, dem sie zugesehen haben, bis sie entsetzt geflohen sind. Sie haben erschreckt das Weite gesucht – weniger wegen der Fleischeslust, die eher lehrreich war –, als wegen des Grauens, das sie packte, als alle Indias und Indios anfingen, sich in Tiere zu verwandeln. Einer wurde zum Krokodil und wackelte mit Kopf und Schwanz. Andere wurden zu Jaguaren, Capivaras oder Hirschen und rannten, sprangen, hetzten herum. Eine Frau, die sich geirrt hatte, wurde von der Taille aufwärts zum Mutum und von der Taille abwärts zur Sucuri: Die Schlange wand sich, der Vogel flatterte. »Du kannst uns glauben, Orelhão. Jedes dieser Tiere ist wirklich ein echtes Tier, eines oder zwei auf einmal, mit Fell, Schuppen, Federn, Mäulern, stinkigem Atem, Gebrüll, Schwänzen und Klauen.«

»Ihr habt die Tiere selber gesehen? Ich glaube, ihr habt Caapi genommen.« Sie lassen keinen Zweifel zu: Sie haben sie gesehen! Und sie sind sicher, daß das Teufelszeug ist. Nur der Teufel vermag so viel.

»Das haben wir mit eigenen Augen gesehen. Mit eigenen Ohren gehört.« Noch heute erinnern sie sich an den die Luft im Dorf verpestenden Gestank all dieser Tiere.

Caliban träumt von einer Reise ins Brasilien der Nonnen. Er will vor allem diese Reise machen, um eine Medizin gegen sein Stottern zu suchen. Alle Arzneien will er, eine nach der anderen, ausprobieren. Tivi erklärt, daß er dies nicht kann.

»Niemand hat das je gemacht, Caliban.« Er lacht.

»Unsinn, Teufelin. Siehst du nicht, daß ich Caliban bin?«

Um ihn davon abzubringen, erzählt Tivi bis in alle Einzelheiten, wie das mit der medizinischen Versorgung in ihrem Brasilien ist. Jeder im Rotationsverfahren halbjährlich vom Computer ausgewählte Arzt sitzt auf seinem Bänkchen hinter dem Metallzaun am weißen Tisch. Der Kranke kommt, tritt ein, setzt sich auf den Eisenstuhl direkt davor. Der Arzt zuckt nicht einmal mit der Wimper. Er hat mit all dem nichts zu tun. Der Stuhl selber wiegt, riecht, sieht mit dem gelehrten Computerauge und entscheidet ganz allein. Dann leuchtet eines der zwölf Arzneigläser auf. Ein einziges. Der Arzt erhebt sich und nimmt die einzige Dosis, um sie dem Patienten zu bringen. Fehler sind unmöglich. Greift er ein anderes Glas, bekommt er einen Stromschlag. Der Kranke nimmt an Ort und Stelle seine Medizin mit einem Glas lauwarmem, trübem Wasser, das automatisch aus einem kleinen Wasserhahn kommt. Dieses Wasser hat es allerdings in sich. Es macht schwindlig und verursacht Brechreiz.

Mit diesen zwölf Arzneien, die so einfach verabreicht werden, heilt man alle Krankheiten, die einer Heilung wert sind. Und es kostet gar nichts. Als guter Zuhörer lauscht Caliban und lacht.

»Ich werde einfach eine nach der anderen nehmen, alle, allesamt.« Tivi wird fast böse:

»Und wie? Wie glaubst du denn, daß du alle Arzneien nehmen wirst, Caliban? Der Arzt wird sie nicht herausholen, weil er einen Schlag bekommt. Du wirst nicht auf die andere Seite des Zauns gelangen. Nicht einmal der Teufel schafft das. Und der Stromschlag? Weißt du überhaupt, was das ist? Das ist wie der Schwanzschlag eines Riesen-Poraquê. Da fliegt jeder wie ein nasser Lappen von hier zum Mond!«

»Unsinn, mein Teufelchen. Mich hält niemand zurück. Ich we-we-werde a-a-alle nehmen. Ich we-we-werde a-a-alle nehmen. A-a-alle-a-a-alles-s-samt.«

Während sie miteinander sprechen, läßt Tivi den Tuxaua noch einmal die Hose und das Hemd probieren, die sie für ihn näht: leuchtendblau.

»Du kannst da nicht einfach so nackt ankommen, Tuxaua.«

»Und bin ich etwa nackt, Teufelchen?«

»Und wie. Für uns bist du splitternackt.« Sie tritt etwas zurück, um ihn anzusehen, und sagt: »So angezogen siehst du sogar gut aus.«

Caliban kann nicht genug von seiner Traumreise sprechen, noch kann Tivi genug davon bekommen, ihn frech zu necken: »He, Tuxaua! Hältst du das denn auch durch?«

»Oha! Wieso nicht? Eine Reise, die Frauen machen, macht ein Mann spielend. Selbst wenn ich auf einem Bein hüpfe, überhole ich dich.«

»Na, na! Kraft genug hast du ja. Aber nicht genug Geduld, um monatelang zu Fuß durch den Urwald zu gehen und wenig zu essen.«

»Von wegen, Tivi. Nachts fische und jage ich für uns. Tagsüber gehen wir. Wir machen nur zur Zeit der heißesten Sonne eine Pause.«

»Hör mal. Du mußt auf einen Eisentapir steigen, und dann geht's los mit Karacho, tagelang über die Felder. Hältst du das aus?«

»Klar! Steigst du denn nicht auf den Tapir, Frau? Die alte Uxa, worauf kam die geritten? Die ist doch mit dir gekommen.«

»Bei Gott, Tuxaua. Das schlimmste ist der Flug. Tagelang in einer fliegenden Dose, die brummend die Wolken durchquert.«

»He! Das werde ich ganz herrlich finden! Ich sehe diese Vögel hier ohne einen Flügelschlag herumfliegen. Sie sind allerdings klein, aber wenn jemand da reinsteigt, steige ich auch ein. Und ob ich einsteige.«

Die Reise an sich beschäftigt Caliban nicht so sehr. Er macht sich viel mehr Sorgen darum, wie er behandelt werden wird.

»Tivi, werden sie mich da im Männerhaus wohnen lassen? Werden sie mir eine Frau geben?«

»Nein, Tuxaua, das werden sie nicht! Da gibt es kein Männerhaus. Dort haben nur die Frauen die Häuser. Das Volk ist in Frauenfamilien aufgeteilt. Jede mit ihrem Haus, in dem sie zusammenleben und für alle Kinder sorgen. Die Ehemänner sind wie Gäste. Die gucken hin und wieder mal rein, und wenn sie zu sehr nerven, werden sie rausgeworfen, weggeschickt. Du wirst bei meinen Schwestern untergebracht werden.«

»Nichts da, lieber Tuxaua«, greift Uxa ein. »Dort gibt niemandem dem Gast eine Frau. Dieses liederliche Verhalten ist nur eine Unsitte von euch hier.« Tivi ergreift wieder das Wort:

»Außerdem, Tuxaua, weiß ich gar nicht, ob ich dorthin zurückkehre. Wer weiß, vielleicht bleibe ich. Magst du mich?«

»Wahnsinnig, Teufelin. Wir machen eine Reise dahin und kommen dann wieder.« Er wechselt den Tonfall, fleht:

»Teufelin, bitte, gib es mir, sonst pflanzt Saci[1] Blumen in deinen Garten.«

Caliban sitzt da im Club der Männer mit dem Hemd, das Tivi für ihn genäht hat, aber ohne Hose, und gibt an.

Er erzählt, daß er zuerst auf einem richtigen Tapir und später auf einem Riesenjaguar mit Rädern an den Füßen reiten wird.

Er erzählt schließlich, daß er in einem Blechvogel fliegen wird.

Sicher würden sie Durst und Hunger leiden, aber er vertraue voll und ganz darauf, daß er und sie dort ankommen würden. Die Indios hocken an die Wand des Männerhauses gelehnt und hören erstaunt zu.

1 *Saci-pererê:* Eine der populärsten fantastischen Gestalten Brasiliens, ein kleiner einbeiniger Schwarzer mit Pfeife und roter Mütze, die magische Kräfte besitzt.

»Ich will die Ameisenhaufen aus Leuten sehen in jenen aufeinandergestapelten Häusern.«

»Ich will vor allem dieses Volk von lauter mit Tüchern bekleideten Leuten sehen, deren Füße in Schuhen stekken.«

»Ich will unbedingt das Wasser aus dem großen salzigen See trinken.«

»Ich will, ich muß den Hersteller der Streichhölzer und des Eisens besuchen.«

»Ich will und werde die zwölf Arzneien nehmen: eine nach der anderen, alle.«

»Ich will vor allem mit den wirklichen Frauen vögeln, die angemalt und geschmückt sind, die ficken und Kinder kriegen.«

Orelhão, der daneben sitzt, kratzt sich am Kinn und wiegt das Haupt. Er ist sicher, daß Tivi, die das zivilisierte System bis ins letzte erklärt, den Wilden die Köpfe durcheinander bringt. Was der Tuxaua den Indios von dem wiedererzählt, was er von den Nonnen gelernt hat, war ihm der Beweis dafür.

Er erzählt zum Beispiel, daß es dort in ihrer Welt Männer gäbe, die sich nur damit beschäftigen, Dinge zu nehmen und aufzubewahren: sammeln, sammeln, sammeln. Jeder hat blödsinnig viele Netze, erschreckende Mengen von Pfeilen, »mehr als wir alle zusammen haben«, sagt Caliban, »unsinnige Mengen von Bogen, die sie nicht einmal benutzen. All das ist aufbewahrt, versteckt. Es scheint so«, erklärt er, »daß die da Angst haben, daß die Leute verlernen könnten, die Dinge zu machen. Sie bewahren sie heute auf, damit die Enkel sie haben, wenn niemand mehr überhaupt noch etwas machen kann.«

Eine andere unmögliche Vereinfachung Calibans besteht darin, daß er erzählt, der größte Teil der Leute aus Tivis Volk sei nur damit beschäftigt, zu singen und zu beten, ohne lachen und vögeln, und darum bittet zu sterben und in den Himmel zu kommen, um dort ewig high zu sein.

Caliban ruft Orelhão zur Hilfe, um zu erzählen, daß die da in ihrer Welt auf eine neue Katastrophe mit Sintflut und Feuerstürmen wie am Anfang der Welt warten. Einen totalen Feuer- und Wasserregen, der mit allem und allen Schluß macht. Sie glauben sogar, aber er bezweifelt dies, daß jene Sintflut mit dem Galibi-Dorf Schluß machen kann. Caliban wendet sich zum Schwarzen und fragt:

»Ist das wirklich so? Glaubt ihr, daß Gottvater, der Kreuziger, die Welt satt hat und mit allem Schluß machen will?«

Orelhão sagt, ohne zu lügen oder sich zu kompromittieren, daß tatsächlich alles passieren kann, aber daß das Schlimmste im allgemeinen nicht passiert. Ein Krieg, der mit allen und allem Schluß macht, ist sogar möglich. Es ist nicht unmöglich, daß er bis zum Dorf kommt und die Menschen, die Tiere und die Bäume tötet. Aber es ist äußerst unwahrscheinlich. Außer wenn sich der Mister mit dem Genossen verkracht.

»Wer? Wer?«

Als Antwort auf die Frage Calibans, der wissen will, wie man aus so weiter Entfernung hier mit dem Leben Schluß machen kann, beginnt Orelhão mit Erklärungen. Er spricht wie ein Berufssoldat, hingerissen von der apotheotischen Potenz der Weltuntergangsbombe.

»Jede Großmacht hat mehrere davon. Wenn eine davon losgehen wird« – er sagt weder wo, noch über wem, noch warum –, »würde die Luft verfaulen, die Pflanzen verbrennen, die Kinder und Menschen der ganzen Welt verenden, sie würden das Leben auf der Erde auslöschen: auch hier, für immer und ewig.« Da bricht der Schwarze, in Panik geraten durch die Macht seiner Worte, in Tränen aus.

Caliban ergreift wieder das Wort, lacht, tröstet Orelhão und beruhigt die Indios.

»Ach was! Dieser Gott, den sie haben, ist gar nichts.« Unwissend, wie er ist, fühlt Caliban sich völlig sicher. Er garantiert, daß es immer sehr schön war, bei den Galibis zu leben, und daß dies auch so bleiben wird. Immer. Er verspricht sogar, die drei aufzunehmen und zu schützen, wenn jene Apokalypse kommen sollte. Vor allem Tivi. Vor allem sie, betont er. Vor allem, wenn Tivi mit ihm schläft. Dann kann sie hier bleiben, hier leben, bis sie, wenn sie ganz alt ist, stirbt.

»Vor allem, wenn sie ein Kind von mir hat. Wenn sie gebären will, wie es jede ordentliche Frau will.«

Tivi ist Caliban sehr böse. Sie war unheimlich sauer, als sie über Orelhão von seiner Vögelei mit Rixca erfuhr, dem Mädchen mit den knospenden Brüsten, der, die sie am liebsten mag.

»Ihr habt mich hintergangen. Sehr schön. Caliban hat sie vernascht.«

In einem plötzlichen Wutanfall pfeift Tivi den Schwarzen an. Er gibt zu, daß der Tuxaua wirklich schamlos ist. Als der näher kam, schrie sie ihn an:

»Eine Schweinerei, eine Unverschämtheit von dir, Caliban.«

Der Tuxaua lacht, feixt und erzählt den dreien, wie er Rixca geschaukelt hat.

Er hatte gemerkt, daß die Kleine reif war, denn sie hatte ihn hingebungsvoll angesehen. Er hatte auch gesehen, daß sie morgens nach dem Bade in der Lagune blieb, im Wasser herumsprang und hin und her schwamm, trödelte. Einmal blieb auch er im Wasser und wartete, bis die

Leute auseinandergingen, um zuzupacken. Als er allein war, schwamm er zu Rixca und schlug ihr vor:

»Wollen wir jetzt gleich Liebe spielen, kleine Schwägerin?« Rixca wollte nicht. Sie riß erschreckt die Augen auf und schwamm weg, schüttelte wie eine Eidechse den Kopf, um nein zu sagen.

Caliban sah, daß sie keine Angst hatte, sie war indessen zu schamhaft. Er tat so, als merkte er nichts, sprang ins Wasser, schwamm hin und her, um schließlich wieder ganz in ihrer Nähe zu landen. Da streckte er die Hand aus, berührte leicht Rixcas elektrisierende Brüste. Sie zog sich in sich zusammen, er flehte:

»Laß, Liebling... Ich will doch nur anfassen. Es ist zu schön.«

Das erschreckte Mädchen schwamm mühelos weiter weg. Er machte einen großen Bogen und kam wieder zurück. Aus ziemlicher Entfernung, ganz langsam schwimmend, bettelte er:

»Meine kleine Schwägerin, so wird deine kleine Brust nicht größer. Trocken bleibt sie, ganz trocken. Sie braucht eine Männerhand, Liebling. Eine Männerhand ist da nötig, Liebling.« Rixca lachte schüchtern und schwamm mit munterem Blick auf dem Rücken etwas weiter.

Im seichten Wasser stand sie auf, schüttelte das Haar, um es zu trocknen, und schaute aufmerksam herüber. Caliban fragte sich nur, ob die Schelmin, wenn er näher käme, weglaufen oder stehenbleiben würde.

Er näherte sich ihr wie jemand, der kein Wässerchen trüben kann, und begann eine Geschichte zum Frauenverführen zu erzählen.

»Hast du gesehen? Guck mal der Specht, der da auf den Stamm hämmert: toc-toc-toc. Der Specht wackelt mit dem Kopf und hämmert aufs Holz; er hämmert, bis er ein kleines, tiefes, schnurgerades Loch gemacht hat.« Rixca begann aufmerksam, mißtrauisch wie eine Taube, zuzuhören.

»Schau«, sagte Caliban, »der Specht steckt den Schnabel in das Loch und fängt an, die Seitenwände abzufeilen, um es zu vergrößern: schcorô-schcorô-schcorô.«

»Dabei hatte ich mich näher an Rixca herangestohlen, die das Zuhören schon ganz heiß gemacht hatte. Ich erzählte die Geschichte immer weiter, lehnte mich dabei an sie, legte beide Hände zärtlich auf ihre Schultern und erzählte immer weiter. Armer Specht. Das Holz ist zu hart. Um es weich zu machen, spuckt der Specht in das Loch und steckt den Schnabel wieder rein, erweitert es allmählich nach den Seiten hin: tschetó-tschetó-tschetó!«

»Rixca fand meine Geschichte wunderbar und ließ mich allmählich immer näher an sich heran.«

Als Rixca halb nach vorn gebeugt war, machte sich Caliban, der zitternd über ihr lag, bereit und drang in sie ein. Drang langsam ein, aber drang in sie ein, ins Harte, dann Weiche, ins Butterweiche.

»Wir haben wunderbar gevögelt.« Dann blieben sie noch etwas da, lachten sich mit dem Gesicht an, das man dann immer macht. »Es ist herrlich, Teufelin, du wirst es sehen.«

Caliban verschwieg indessen, daß, als sie gerade richtig zusammen waren, die ganze Kinderhorde, die am Ufer untergetaucht war und auf diesen Augenblick gewartet hatte, lärmend, in die Hände klatschend, hervorstürmte und schrie:

»Wir haben dich gesehen, wir haben dich gesehen!«

Tivi, die neben Caliban hockt – sie flickt gerade seine blaue Wäsche –, preßt die Schenkel zusammen, bis es weh tut. Mit Tränen in den Augen. Das Gesicht ganz verschlossen. Ihre Ohren sausen von seinem Tschecorô.

Prospero

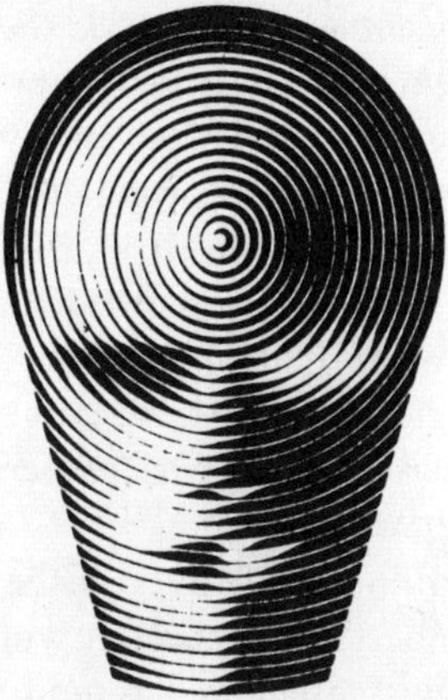

Werter Freund, werte Freundin, verzeih, aber ich muß mich noch einmal in Ihre Lektüre einmischen. Natürlich wie immer zu Ihrem Besten. Dieses Mal, um Ihnen zusätzliche, für den Fortgang der Fabel möglicherweise entscheidende Informationen zu vermitteln. Ich gebe jedoch zu, daß dieses Kapitel etwas nervig ist, und bin nicht beleidigt, wenn Sie es überspringen wollen.

Ich hatte ganz zufällig auf einer glücklichen Reise nach Mexiko Zugang zu diesen Angaben. Es handelt sich um die Zusammenfassung von Aufzeichnungen eines KGB-Spions, die, nachdem sie von einem CIA-Agenten gestohlen worden waren, in die Hände eines kubanischen Kommandanten fielen, der sie patriotischerweise meinem Freund Pancho Guerra lieh, der sie wiederum mir gab.

Sie zeichnen ein Bild der möglichen Macht- und Luststrukturen der Länder der unteren Halbkugel des Planeten. Sie könnten durchaus auch auf Brasilien angewandt werden, da die impliziten Anspielungen auf unser Land so zahlreich sind, daß ich sie der Klarheit halber ganz deutlich herausgearbeitet habe. Wie Sie sehen werden, beschreiben sie ein binäres, ebenso erfindungsreiches wie wirksames Regierungs- und Motivationssystem für Menschen, Verwaltung und Vermehrung der Dinge.

Seine Einzigartigkeit beruht darin, daß es mit dem ausdrücklichen Ziel strukturiert wurde, den Völkern, die zu zahlreich sind, deren Unfähigkeit zum Fortschritt aber offen zutage liegt, ein Höchstmaß an persönlichem, mit der größten unternehmerischen Prosperität zu vereinbarendem Glück zu verschaffen.

So wäre die Multinationale Bürgerliche Utopie erreicht, von der jahrhundertelang geträumt wurde, die aber bis heute, da ein wissenschaftliches und technologisches Substrat fehlte, undurchführbar war. In ihr verkörpern und vermählen sich Glaube und Herrschaft zu den beiden Schneiden eines einzigen Schwertes: der Makellose Imperator und Informatische Prospero.

Das russische Dokument beginnt mit einem französischen Text, der die Präambel der Einführung zur Utopischen Verfassung darstellt. Dort heißt es:

- Die Masse der Menschen, die letztendlich gleich und einander ähnlich sind, dreht sich ohne Ende um das einzige Ziel, die ihr Leben ausfüllenden einfältigen und vulgären Lüste zu befriedigen.
- Jeder lebt für sich, weiß nichts vom Schicksal der anderen. Er ist bei ihnen, ohne sie zu sehen. Berührt sie, ohne sie zu fühlen. Er lebt nur für sich selbst.
- Über allem erhebt sich eine notwendige, schützende Kraft, die allein zur Aufgabe hat, ihre Freuden zu garantieren und über ihr Schicksal zu wachen.
- Diese Macht ist Prospero: absolut, exakt, regelmäßig,

vorsorgend und ruhig. Er würde geradezu paternalistisch erscheinen, hätte er das Ziel, die Menschen auf das Erwachsensein vorzubereiten; aber nein, er versucht im Gegenteil, sie unwiderruflich in der Unschuld festzuhalten.

- Es stört Prospero nicht, daß die Bürger genießen und immer nur an den Genuß denken. Er strengt sich gern dafür an, sie glücklich zu machen, aber er will der einzige Handelnde, der einzige Schiedsrichter sein.
- Er wahrt ihre Sicherheit. Sorgt für ihre Bedürfnisse, führt ihre wichtigen Geschäfte. Lenkt ihre Betriebe. Regelt die Nachfolge. Teilt ihr Erbe auf.
- Ach, könnte er doch die Menschen von der Unbequemlichkeit des Denkens und vom Lebensschmerz befreien...

Zur Umsetzung dieses utopischen Ideals ist die höchste Macht in der geheiligten Person des Makellosen Imperators, des Bürgen der Fröhlichkeit der Bürger symbolisiert und in der Macht Prosperos verkörpert, der für die unternehmerische Prosperität verantwortlich ist.

Der Makellose Imperator ist im Alltag eines jeden gegenwärtig und aktiv, da er täglich um Punkt zwölf Uhr in allen Fernsehern Utopias auftritt und von allen gesehen wird. Er erscheint immer nackt und lachend, jeden Tag von den Farbkardinälen in einer neuen herrlichen Farbe bemalt.

An der imperialen Darbietung nimmt auch der Hofstaat der Oberhuren des Bicho-Spiels[1] teil; sie sind alle wunderschön, tanzen und singen und lösen vom Bauch des

1 *Jogo do Bicho* (bicho – sprich: bischu): Ein populäres, illegales Lotteriespiel, bei dem Tiere Zahlen symbolisieren. Gewinner der Wetten, die überall abgeschlossen werden, sind diejenigen, die auf die Tiere gesetzt haben, die den Endziffern des Gewinnloses der staatlichen Lotterie entsprechen.

Makellosen Imperators das Bild des Tieres ab, das an diesem Tag gewonnen hat.

An der täglichen Show nehmen auch die Grafen vom Jungfernhäutchen teil, die mit ihrem selbstbewußten, männlichen Lächeln jedem einzelnen Utopianer versichern, daß sein Recht auf den Orgasmus noch immer besteht.

Die ganz besonderen Eigenschaften des Makellosen Imperators ermöglichen jedem Bürger, im alltäglichen Leben allein dafür belobigt zu werden, daß er sich einer jener Eigenschaften annähert oder sie besitzt. Es handelt sich um folgende Eigenschaften: gereift, dick und appetitlich zu sein, große, verwaschene Albinoaugen zu haben und entweder von Geburt an oder aus eigenem Entschluß taubstumm zu sein.

Den fünf adeligen Reichsständen sind neben ihren Fernsehauftritten an der Seite des Makellosen Herrschers wichtige Pflichten vorgeschrieben.

Die Farbkardinäle, die alle androgyn sind oder zu sein vorgeben, beherrschen den Handel mit Kosmetika, Schminkutensilien, Massagen und der Anwendung von Schönheitsprodukten in Utopia.

Jede der Oberhuren vom Bicho-Spiel, die unter den Allerschönsten ausgewählt werden, um sich dem Genuß der lustvollen Liebe zu widmen, besitzt ein großes, palastähnliches Haus, in dem sie täglich mindestens einen von Properos Empfohlenen empfangen und bedienen. Ihre öffentliche Aufgabe hingegen ist es, das Bicho-Spiel zu überwachen, bei dem jeder Utopianer täglich seinen kleinen Gewinn macht. Die im imperialen Spiel eingetragenen Tiere und ihre entsprechenden Zahlen sind:

Vogel Strauß	1
Adler	2

Esel	3
Schmetterling	4
Hund	5
Ziege	6
Schaf	7
Kamel	8
Schlange	9
Kaninchen	10
Pferd	11
Elefant	12
Hahn	13
Katze	14
Kaiman	15
Löwe	16
Affe	17
Schwein	18
Pfau	19
Truthahn	20
Stier	21
Tiger	22
Bär	23
Hirsch	24
Kuh	25
Virago	26
Xereu	27
Zebra	28

Dies sind auch die Namen der Monatstage, seitdem die römische Woche mit ihren vielen falschen Märkten[1] abgeschafft wurde.

1 Anspielung auf die Namen der Wochentage im Portugiesischen: Montag z.B. heißt Segunda-Feira, was wörtlich übersetzt Zweiter Markt bedeutet. Es wird fortlaufend bis Freitag so weitergezählt. Ausgenommen sind Sonnabend und Sonntag.

Zwanzig Preise sind für das tägliche Bicho-Spiel ausgesetzt, in der Wochenserie zwanzigtausend, und in der Mondserie bekommt derjenige die lebenslange Kontrolle über das Münzamt, der alle achtundzwanzig Tiere richtig tippt.

Die Grafen vom Jungfernhäutchen – Kerle mit dicken Schnurrbärten – wachen über das Recht der Utopianer auf den Orgasmus. Ihr öffentliches Amt ist es, die Ehepaare durch die Erklärung der Jungfräulichkeit zu verbinden oder zu trennen. Eine zur Jungfrau erklärte Frau ist von allen Verpflichtungen befreit und kann ihr Liebesleben, mit wem sie will, gleich welchen Geschlechts, mit dem vollen Segen des Makellosen Imperators, wieder von vorn anfangen.

Die Kaste der Auswärtigen besteht aus den Kindern nordamerikanischer, deutscher und japanischer Einwanderer. Sie sind Privilegierte, die wild aufwachsen, um als Kontrast zu allen Brasilianern ihrer Generation zu dienen. Ihre Lieblingsbeschäftigung ist das Linkshänderjagen. Das heißt: Die Typen jagen, die sich, um Prospero zu entgehen, den linken Arm amputieren. Dafür organisieren die Auswärtigen in Wäldern und Urwäldern des ganzen Reiches Hetzjagden unter dem Einsatz hochtechnisierter Dinge, wie elektronischer Sensoren, biochemischer Schleudern und bionischer Hundemeuten. Die Jagd ist ein Riesenspaß!

Dem imperialen Adel gehören von Rechts wegen auch die Magistratskollegien an, die mit ihren Richtenden, Tätowierern und Beringern die Gerichtsbarkeit verwalten und durch die Verhängung von Strafen und Vergabe von Prämien die öffentliche Ruhe gewährleisten.

Die materielle Machtausübung – in einer so fortschrittlichen Zivilisation wie der Utopias ein höchst kompliziertes Unterfangen, das völlige Unpersönlichkeit verlangt – liegt in den weisen Computerhänden Prosperos. Er ist es, der mit bis ins Detail gehender, väterlicher Genauigkeit umsichtig die Volksbeteiligung an Wirtschaft und Information, die Volksmobilisierung zur Motivierung der Massen durch ihre aktive Teilnahme an Sport, Freizeit, Karneval, den religiösen Ritualen und den literarischen und künstlerischen Zirkeln programmiert.

Um die Teilnahme-, Motivations- und Bildungsquoten von Tausenden von Utopianern zu gewährleisten, wird jeder Person vom elften Lebensjahr an in das linke Handgelenk ein Allumfassender TV-Apparat (ATVA) und ein Feedback-Kanal (FBK) eingepflanzt.

Der ATVA erlaubt unmittelbaren Zugang zu jedwedem Programm, Film, Buch, Kurs oder jeglicher Information, die der Utopianer sich wünscht oder die ihm verschrieben wurden. Der FBK ermöglicht die audiovisuelle, direkte Kommunikation mit Prospero, sei es um Informationen, Meinungen, Stimmen, Optionen, Unterricht, Unterweisungen und Befehle zu empfangen oder zu senden. Er taugt auch für einsame orgasmische Spiele.

Als perfektes Überwachungssystem dient der FBK auch dazu, die Aufmerksamkeit des Utopianers auf eine Sache zu lenken, an der Prospero besonders liegt. Er tut dies mit Rückgriff auf klangliche oder elektronische Mittel. Erstere sind Vibrationen, die berauschende wild-rhythmische Musik ebenso wie einen ohrenbetäubenden Hupton ertönen lassen, um die Aufmerksamkeit des Utopianers zu erheischen. Die anderen, die nur hin und wieder gebraucht werden, wenn eine überzeugende Aktion unabdingbar wird, bestehen aus Stromgrößen unterschiedlicher, regulierbarer Stärke. Sie reichen von einem angenehmen Kitzel bis zu Zitteraalschlägen. Mit diesem Instrumentarium wird in Utopia die spontane und fröh-

MULTINATIONALE UTOPIE

Macht- und Luststrukturen

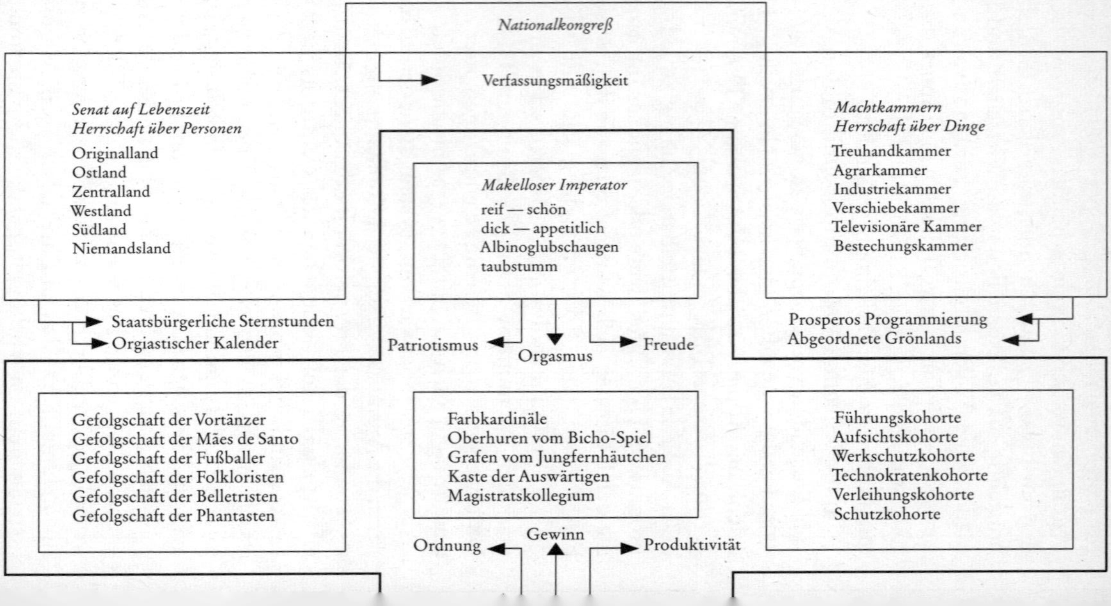

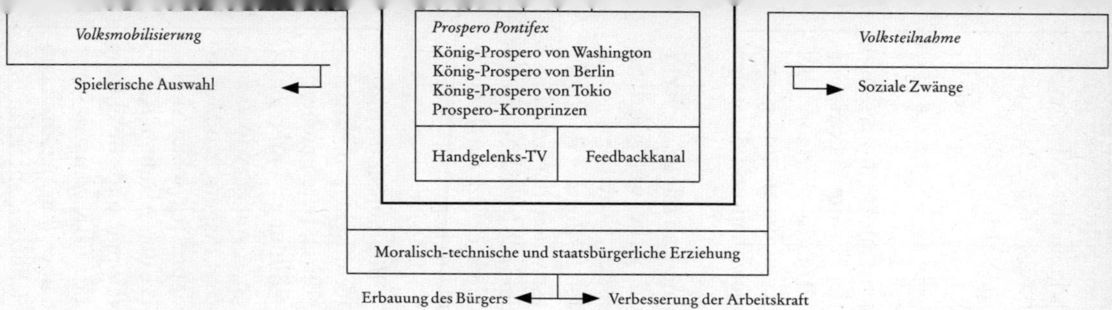

Volksmobilisierung
Spielerische Auswahl
Prospero Pontifex
König-Prospero von Washington
König-Prospero von Berlin
König-Prospero von Tokio
Prospero-Kronprinzen
Handgelenks-TV
Feedbackkanal
Moralisch-technische und staatsbürgerliche Erziehung
Erbauung des Bürgers
Verbesserung der Arbeitskraft
Volksteilnahme
Soziale Zwänge

liche Teilnahme aller Bürger an dem guten Zusammenleben mit Seinesgleichen ebenso wie an der Pflichterfüllung im Arbeits-, Produktions- und Bildungsbereich garantiert.

Prospero ist auf Erden, was Gott in der Höhe ist. Er weiß alles, sieht alles, sorgt für alles.

- Mittels dieses personalisierten Informations- und Konditionierungssystems fördert Er die Volksbeteiligung durch das sechsmonatige Rotationsverfahren der Leute innerhalb der verschiedenen Berufe und garantiert gleichzeitig die soziale Gleichheit und die unternehmerische Produktivität.
- Es ist auch Prospero, der für jeden einzelnen nach eingehender Anhörung das monatliche und jährliche Volksmobilisierungsprogramm der Aktivitäten in den fünf Motivierungsmöglichkeiten festlegt: in der orgiastischen des Sambas, der mystischen der religiösen Rituale, der sportlichen des Fußballs, der traditionellen des Folklore und der intellektuellen der literarischen Wettstreite, der künstlerischen und wissenschaftlichen Kreativität.
- Es ist vor allem Prospero, der – die alten Schulen ersetzend – die Bevölkerung auf technischer, moralischer und staatsbürgerlicher Ebene durch persönliche Programme ununterbrochener Bildung unterrichtet. Diese reichen von der Wiege – mit Pawlowschen Methoden – über die Jugend – mit Piagetschen Methoden – bis zum reifen Alter – mit prosperischen Methoden. Das ganze Leben lang bis zu den erlaubten Altersjahren führt er die Unterweisung und Belehrung durch. Alles dies wird durch den FBK gemacht – erst über die Eltern, dann direkt über den persönlichen ATVA – und dessen unvergleichlicher, auf Klangprä-

mien und elektronischen Strafen beruhenden Pädagogik.

Stell dir vor, wie erbaut ich war, als sich in diesem Geheimpapier vor mir dieses Bild eines multinationalen Systems ausbreitete. Eine neue, grandiose Zivilisation hat in Brasilien Fuß gefaßt und gedeiht in der ganzen Dritten Welt aufgrund der Koordinierung zweier gegenseitig abgestimmter Machtsphären.

- Der des Makellosen Imperators mit seinen Reichsständen der Schönheit, des Glücks, der orgasmischen Freude und der Jagd.
- Und der Prosperos mit seinem computergesteuerten Netzwerk zur Volksbeteiligung und Volksmobilisierung und staatsbürgerlichen Erziehung, die alle Bürger zusammenfaßt und zu ständiger Aufmerksamkeit, Begeisterung und Informiertheit zwingt.

Über diesen Exekutivsphären schwebt der Nationalkongreß, der die Gesetze für die zwei Häuser macht. In ihnen werden jeweils die Herrschaft über Personen, die die Aufgabe des aus 24 weißen oder gelben reinrassigen, unter geborenen und eingebürgerten Brasilianern ausgewählten Senatoren bestehenden Senats ist, und die Verwaltung der Dinge durch die Machtkammer zusammengefaßt, die sich ebenfalls aus 24 weißen und gelben, eingeborenen oder auswärtigen Abgeordneten zusammensetzt.

Der Nationalkongreß tritt in der ersten Woche eines jeden Jahres zusammen, um die von Prospero verfaßte Regierungserklärung des Makellosen Imperators zum Zustand Utopias und über das Glücklichsein der Utopianer zu hören. Dann gehen die beiden Häuser auseinander, um ihre spezifischen Funktionen zu erfüllen.

Aufgabe des Senats auf Lebenszeit ist die Aufstellung des Kalenders der Staatsbürgerlichen Sternstunden und die Durchführung des Orgiastischen Monats in jedem Land. Er setzt sich aus betagten Gesetzgebern zusammen und wird vom Volk durch ein auf Computerbefragung erstelltes zufälliges Muster gewählt, das sich auf einer Liste gründet, die von Prospero ausgearbeitet wurde und sich auf das mögliche Alter jeden Utopianers hinsichtlich der strengen Ausführung der senatorischen Funktionen bezieht.

Jeweils vier Senatoren bilden eine Horde, die das eigene Land vertritt, und zwar:

- Das Originalland, das die Länder zwischen dem São Francisco und dem Atlantik umfaßt und dessen Hauptstadt Diamantina ist.
- Das Ostland, das sich zwischen dem São Francisco, dem Tocantins und dem Ozean befindet und dessen Hauptstadt Floriano ist.
- Das Zentralland, das vom Tocantins bis zum Amazonas und bis hinunter zum Madeira reicht, dessen Hauptstadt Goiás Velha ist.
- Das Westland, das vom Madeira bis ins hinterste Brasilien reicht und dessen Hauptstadt Tarauacá ist.
- Das Südland, das vom Paranapanema bis in den Süden reicht und dessen Hauptstadt São Borja ist.
- Das Niemandsland des Guayanischen Krieges im Norden des Amazonas wird von kriegerischen Befehlshabern vertreten, aber nicht besucht.

Die Senatoren treten – glaube ich – alle Vierteljahre eine Woche lang in Brasília, der utopischen Bundeshauptstadt, zusammen. Die meiste Zeit reisen sie in der Horde durch ihre jeweiligen Länder, begleitet von ihren Dienern und dem Gefolge.

So überprüfen sie, ob der Staatsbürgerliche und der Orgiastische Kalender ordentlich befolgt werden. Ersterer teilt sich in dreizehn Tage Staatsbürgerlicher Sternstunden auf, die immer auf den Tag des Zebras fallen, der letzte eines jeden Mondmonats. An diesen Feiertagen verbringt man den Vormittag bei staatsbürgerlich-patriotischen Paraden, den Nachmittag mit einem aufregenden Live-Fußballspiel und den Abend mit dem Iemanjá-Kult.

Es sind Tage staatsbürgerlicher Fröhlichkeit, an denen im ersten Halbjahr die sechs Sternstunden der Nationalen Werte gefeiert werden, an denen die Taten

- der Indios: Cunhãmbebe und Juruna[1]
- der Schwarzen: Zumbi[2] und Pelé
- der Lusitanier: Alonso Ribeiro und Prinzessin Isabel[3]

in Erinnerung gerufen und gerühmt werden.

Im zweiten Halbjahr feiern sie die sechs Sternstunden der Auswärtigen, an denen deren Unterfangen wieder ins Gedächtnis gerufen werden, die die Modernisierung des Brasilianischen Vaterlandes gefördert haben, und zwar:

- die US-Bürger: Buchanan und Walters
- die Deutschen: Hans Staden und Geisel[4]
- die Japaner: Hirohito und Ueki[5]

1 *Juruna:* Erster und einziger indianischer Abgeordneter im brasilianischen Parlament.

2 *Zumbi:* Titel der Anführer der aufständischen Negersklaven der Quilombos dos Palmares (1630–1697).

3 *Prinzessin Isabel:* (1801–1876) Schwester von Pedro IV., Kaiser von Brasilien. War nach dem Tode ihres Vaters D. João IV., von 1826 bis 1828 Regentin von Portugal.

4 *Geisel:* Deutschstämmiger Präsident Brasiliens von März 1974 bis März 1978.

5 *Ueki:* Minister für Forschung und Kommunikation japanischer Abstammung.

Der dreizehnte Tag des Zebras, der das Mondjahr beschließt, ist dem Kult des Makellosen Imperators und den Devotionsriten für Prospero gewidmet.

Jeder Senator hat einen persönlichen Diener, der ihn schminkt, berät, als Sekretär für ihn arbeitet und ihn vertritt, wenn er zu hinfällig geworden ist. Insgesamt werden sie von den Rittern der fünf Gefolgschaften beraten.

- Die Gefolgschaft der Vortänzer, die die Samba-Schulen des Karnevals regieren, an dem das ganze Volk während des orgiastischen Monats hüftschwingend teilnimmt.
- Die Gefolgschaft der Mães-de-Santo, die dem Iemanjá-Kult geweiht sind, der die geistige Ruhe eines jeden Utopianer inmitten der Zufälle des Lebens gewährleistet.
- Die Gefolgschaft der Folkloristen, die die Traditionen der Gaucho-Gruppen, der populären Freizeitgestaltungen des Catopé und des Boi-Bumbá gewidmeten Umzüge sowie der verkleideten Indianerstämme kultivieren.
- Die Gefolgschaft der Fußballer, die den Fußball, den Nationalsport, leitet, der an den Feiertagen live und sonst über den individuellen Feedback-Kanal elektronisch gegen Prospero gespielt wird.
- Die Gefolgschaft der Belletristen, die bei den literarisch-musikalischen Versammlungen, in den Poesie-Clubs und in der endlich demokratisierten Brasilianischen Literatur-Akademie tätig sind.
- Die Gefolgschaft der Phantasten, die die künstlerische Kreativität und die wissenschaftliche Entwicklung Utopias fördern.

Auf ihren Reisen durch ihr Land belebt die Horde der Senatoren mit ihrer Dienerschar und ihren Gefolgschaften das Leben der Bürger mit großartigen Festen. Dazu hat man in Utopia die archaische Woche der römischen Märkte durch den Monat des Tiers ersetzt und so mit den übertriebenen und nie eingehaltenen wöchentlichen Ruhetagen Schluß gemacht und sie durch den monatlichen Feiertag am Tag des Zebras und durch einen ganzen Monat orgiastischer Feste ersetzt, an denen das Volk eines jeden Landes freudig teilnimmt.

Mit dem Eintreffen der Senatorialen Horde in einem Gebiet – und sie kommt zu diesem Zweck genau an dem von Prospero chronometrisch festgelegten Tag an – setzt der Orgiastische Monat ein, der immer auf zwölf Arbeitsmonate folgt. In diesem Freudenmonat spielt jeder Bürger, gleich welchen Geschlechts, seine Rolle bei den folkloristischen Bumba-meu-Boi-Tänzen wie in den den Travestie-Indio-Stämmen und ähnlichem, wie bei den Samba-Schulen eines achtundzwanzig Tage langen Karnevals, bei den Riten Iemanjás und den Fußballspielen. Die Teilnahme an literarischen und musikalischen Versammlungen und die Arbeit in wissenschaftlichen Laboratorien sind freiwillig.

Dieser großzügige programmierte Zugang zur Freude, die jeden Bürger erreicht und bewegt, ihn tanzen, singen, spielen, lachen und sogar für einen Monat lang denken läßt, ist wahrscheinlich die herausragende Errungenschaft der utopischen Zivilisation.

Das zweite Haus des Kongresses besteht aus den Macht-Kammern, die sich gemeinsam mit dem Senat während der Woche, in der der Nationalkongreß zu Anfang jeden Jahres arbeitet, zusammenfinden, um die Regierungserklärung Prosperos zu hören. Es sind ebenfalls vierundzwanzig Abgeordnete, vier für jede Kammer, in der sie entsprechend der Höhe des Kapitals des Unternehmens abstimmen, deren Aktionäre sie zur Ausübung der Abgeordnetenfunktion bestimmt haben.

- Die Treuhandkammer der Bankiers und Versicherer, die öffentliche und fremde Gelder verleihen.
- Die Agrarkammer der Grundbesitzer, Produzenten von Exportgütern und Nahrungsmitteln.
- Die Industriekammer der Zivilisationsgüter herstellenden Fabrikunternehmen.
- Die Verschiebekammer der im Handel, in Hotels, Motels und den persönlichen Dienstleistungen aller Art beschäftigten Schieber.
- Die Televisionäre Kammer der Massenmedien, die Information und Unterhaltung bieten.
- Die Bestechungskammer der öffentlichen Bauunternehmer und Regierungslieferanten.

Die Macht-Kammern, denen die Korps der Dienstgeilen und die Kohorten dienen, erfüllen die Doppelfunktion:

- Prospero in der Einzigartigkeit seiner nationalen Verkörperung zu programmieren und
- die sechs Generalabgeordneten für den Satellitenhauptsitz Grönland, je einen pro Kammer, zu wählen.

Die Kohorten der Macht-Kammern sind die folgenden Kommandeurskorps:

- Die Führungskohorte der Multis, die ihre Pflichten im vorherrschenden Sektor der eingeborenen, herrschenden Klasse ausübt.
- Die Aufsichtskohorte, die die Unternehmen vor Diebstahl durch Manager und andere Leute schützt.
- Die Werkschutzkohorte, die für Arbeitsdisziplin sorgt und die Produktivität und Lukrativität der Unternehmen sichert.

- Die Technokratenkohorte, die unter den Notwendigkeiten, denen mit geringen Mitteln zu begegnen ist, jene auszuwählen hat, die sich am ehesten mit der Lukrativität der Unternehmen vereinbaren lassen.
- Die Verleihungskohorte der Empfänger von Schenkungen öffentlichen Grund und Bodens und von Verwaltungsämtern in staatlichen Unternehmen.
- Die Schutzkohorte der verschiedenartigen öffentlichen und privaten Polizeien, die das Volk als Auskundschafter Prosperos bespitzeln, um die Ordnung zu wahren, den Fortschritt zu gewährleisten und den Besitz zu schützen.

Die sechs von der Nationalkammer gewählten Generalabgeordneten werden, um die Kammer in der in Grönland gelegenen Satellitenhauptstadt zu vertreten, für eine vierjährige Mandatszeit dorthin geschickt. Gemeinsam mit den Vertretern der anderen Nationen programmieren sie – immer aufgrund eines proportional zum entsprechenden Kapital aufgeschlüsselten Stimmenverhältnisses – Prosperos System auf den operationellen Ebenen:

- Die Ebene des Prospero-Pontifex, verkörpert durch den Zentralcomputer, als oberste Macht einer Galaxis von Satelliten, die von Grönland aus koordiniert werden. Seine Hauptfunktion ist die Verdichtung, Homogenisierung und Optimierung der Interessen der übernationalen Unternehmen der ganzen Welt.
- Die der Prospero-Könige, die in den drei in den kontinentalen Unterabteilungen von Berlin, Washington und Tokio gelegenen Computereinheiten verankert und verantwortlich sind für die Überwachung ihrer jeweiligen aktuellen und zukünftigen Interessen an der Erlangung von Input und Förderung der Weltproduktivität.

- Die der Prospero-Kronprinzen, verkörpert durch die Computersysteme der untergeordneten nationalen Unternehmen der gesamten südlichen Halbkugel des Planeten, auf der die Marktwirtschaft floriert.

Mittels dieser drei Verkörperungen Prosperos, die jeweils durch aufwendige bionische, mit vielfältigen Funktionen und allumfassenden Fähigkeiten versehenen Supercomputer, wird in jedem utopischen Land

- die gesamte Bevölkerung, Mensch für Mensch, eingezogen, eingebunden und gleichermaßen in die Programme der Volksbeteiligung wie auch in die der Volksmobilisierung und der Technisch-Moralisch-Staatsbürgerlichen Erziehung integriert,
- werden die adligen Kasten zusammengestellt, die zwecks Erfüllung ihrer Rollen als Aktionäre der Multis, Senatoren auf Lebenszeit, Abgeordnete der Kammern und der Diener und Dienstgeilen von der Rotation befreit sind: als adlige Angehörige der fünf imperialen Reichsstände; als Edelmänner der fünf senatorialen Gefolgschaften und als Kommandeure der fünf Kohorten der Macht-Kammern.

Die Multinationale Bürgerliche Utopie ist, wie man sieht, die Krönung der menschlichen Entwicklung. Nachdem sie vom Feuer zu Pfeil und Bogen oder zum Blasrohr, von der Keramik zur Metallverarbeitung, von dort den Sprung zur Mathematik und Kybernetik geschafft haben, sind die Menschen schließlich zu diesem System gelangt, das über die Fähigkeit, die Welt zu zerstören und aufzubauen, die Menschheit radikal aufzulösen und neu zu erschaffen, verfügt.

Da es einstweilen beschlossen hat, sie nicht zu zerstören, beschäftigt sich das System mit der Superaufgabe, die sich endlich als möglich erwiesen hat und die Hauptaufgabe der utopischen Zentrale in Grönland ist. Ich beziehe mich auf das erhabene Projekt der Programmierung des Homo Kybernetikus, der die Welten neu bevölkern wird.

Wie einst die Menschen die Natur ordneten, damit die Pflanzen dort wachsen, wo sie sollen, und nicht zufällig, damit sich Kühe, Schafe und Hühner vermehren und nicht jene Vielzahl wilder Viecher wie Tapire, Tiger, Emus..., so geht es jetzt darum, mit der gleichen Radikalität die menschliche Natur aufzulösen und neu zu schaffen, um dem verbrauchten Homo Sapiens Paleontologicus ein Ende zu bereiten und Platz zu machen für den neuen Programmatischen Menschen. Ordnungsgemäß neu erschaffen, werden unsere Enkel Geschöpfe des Menschen sein, die wirklich fähig zu Glück und Effizienz sind. Alle sind von Geburt an in den verschiedenen Berufen ausgebildet und geübt, die sie wahnsinnig gern ausüben möchten. Der Ex-Gorilla wird Goliath und lenkt den informatischen Golem.

Dieses übermenschliche Programm, das schon seine physischen und energetischen Mittel, ebenso wie die brillantesten Talente der Menschheit konzentriert, erlaubt dann:

- den Ödipus- und den Elektrakomplex zu überwinden und neue und bessere Systeme des gesellschaftlichen Zusammenlebens einzusetzen,
- den Inzest abzuschaffen und zusammen mit neuen Traumata und Tabus in diskretem Rahmen erneuerte Freizügigkeiten einzuführen,
- das Unbewußte zu enthüllen und zu desinfizieren sowie schnelle Kommunikationswege zwischen ihm und dem Feedback-Kanal herzustellen,

- die unterschiedlichen semantischen Sprachen durch die gemeinsame analogische und pluriotische zu ersetzen,
- eine prospektive dialogische Anthropologie als Wissenschaft und die Praxis der ständigen Kulturrevolution zu konstruieren.

Jeder einzelne Schritt wird durch die progressive Integration der menschlichen Fragilität in die Gesamtpotenz der Computerdienstsysteme erreicht. Auf diesem Wege werden die Persönlichkeit und die Kultur neu geschaffen, um das menschliche Geschöpf auf gewagte Weise zu reformieren und dadurch zu potenzieren. Tatsächlich werden die schwachen Emotionalbatterien durch die Demontage und Remontage des Archaischen Menschen, eines Überbleibsels der vergangenen Geschichte, der dennoch zu so vielen Taten fähig war, wieder aufgeladen, um ihn in die Lage zu versetzen, aufs neue als aktiv Handelnder in die Geschichte einzugreifen.

Dieses Programm der Überwindung des bisherigen Menschen wird die Krönung der Schöpfung sein. Das, was der weise Teutone so sehr vom absoluten Geist erhoffte und sein abtrünniger Schüler umsonst vom Klassenkampf[1], wird in der Endutopie durch die Vermählung von genetischer Technologie und frenetischer Kybernetik erreicht. Aus dieser Ehe wird schließlich der Homo Kybernetikus hervorgehen, der, psychologisch gesehen, aus Stahlnerven und Dralonmuskeln gewebt ist, um genauso ganzheitlich genießen wie leiden zu können wie einst die Galibis und die alten Bauern aus Braga und heute noch der echte Carioca.

Schon in ihrer derzeitigen Form gibt die Multinationale Utopie, wenngleich sie noch mit Residualmenschen zu

1 Hegel und Marx.

tun hat, der Menschheit täglich, was sie vorher nie haben konnte:

- den täglichen, herrlichen und beruhigenden Anblick des urwaldnackten, köstlichen, in allen Regenbogenfarben angemalten Staatschefs,
- die tägliche Gefühlswallung der Spielleidenschaft innerhalb einer stabilen, vertrauenswürdigen Welt, in der das einzige dem Zufall Überlassene die Möglichkeit ist, im Bicho-Spiel zu gewinnen,
- die tägliche, immer wieder erneuerte Hoffnung, durch die neue eheliche Gegenseitigkeit zwischen chemoerotischen Männern und ewig jungfräulichen Frauen die Freuden des Orgasmus zu erreichen.

Ganz abgesehen von der individuellen, allumfassenden Teleunterhaltung und den unerschöpflichen Möglichkeiten des Feedback-Kanals, die jede Person persönlich mit ihrem Vater Prospero kommunizieren lassen.

Ebensowenig sind die immensen kollektiven Freuden des orgiastischen Erlebens der Feste des Mondmonats zu verachten und die staatsbürgerlichen Freuden der dreizehn Sternstunden des Mutterhauses und der Auswärtigen. Auch fehlen durch den Iemanjá-Kult nicht die tiefen, religiösen Gefühle, noch die elektrisierenden und oberflächlichen, aber hellenisch schönen Gefühle der sportlichen Wettkämpfe.

Alle diese Errungenschaften der Lebenskunst wurden dank des wissenschaftlichen Fortschritts und der von den multinationalen Verbänden geförderten Technik möglich und erreichbar. Sie sind es, die den Prospero-Pontifex und seine Vasallen mit ihrer unendlichen Skala kybernetischer Funktionen in die Praxis umsetzend das Wunder herauskristallisierten, zur Routine werden ließen und so daraus eine Zivilisation machten.

An dieser Stelle komme ich meiner Pflicht nach, den Leser, der mich durch so viel Allgemeinheiten begleitet hat, auf einige Wenns und Abers aufmerksam zu machen und hinzuweisen. Ich meine nicht die Fehler des Multinationalen Utopischen Systems, das in sich vollkommen ist, sondern die der Unterlagen, die ich von dem fidelistischen Kubaner, meinem Freund Pancho, erhalten habe.

Es besteht kein Zweifel darüber, daß sich diese Dokumentation auf Brasilien bezieht, auch wenn ich zugeben muß, daß ich Gegenden und Dinge aus Brasilien als Beispiel herangezogen habe, um die Geschichte wahrscheinlich zu machen.

Ich beziehe mich vielmehr auf einige Informationen, die aus dem Originaldokument stammen und Zweifel aufkommen lassen. Vor die Frage: Um welches Brasilien handelt es sich? Es scheint sich, wie man durch den Hinweis auf den Guayanischen Krieg sieht, um das Brasilien des Ex-Leutnants Carvalhal zu handeln. Andere Indizien, wie das wiederholte Anführen der halbjährlichen Rotation, der Gerechten Justiz, sprechen aber dafür, daß es sich gleichermaßen um das Brasilien der Nonnen handeln kann, wegen der wiederholten Erwähnung der Halbjahresrotation, der Gerechten Justiz usw. auf die sie ebenfalls Bezug nehmen. Wo bleiben wir inmitten dieses kubanischen Durcheinanders? Die Hypothese, die ich Ihnen als plausibel anbiete, ist die, daß es sich um ein soundsovieltes Brasilien handelt, das wir den schon katalogisierten hinzufügen müssen.

Dennoch weise ich die Möglichkeit nicht völlig zurück, daß es sich um einen Betrug handelt. Wer kann einer Sache vertrauen, die aus sowjetischen Händen mit deren antikapitalistischer Tendenz kommt. Noch mehr: Wie sollte man dem nicht mißtrauen, was aus fidelistischen, bekanntlich linksorientierten Händen kommt? Sind diese Kommunisten etwa dabei, mein Bewußtsein umzudrehen und Ihres, meine entzückende Leserin, zu unterwandern? Wer schützt uns vor derartigen Intrigen? Vorsicht!

Poronominare

Das Leben im Dorf dreht sich um Caliban. Für die Indios ist er der große Kumpel. Für Orelhão ist der Tuxaua ein Witzbold.

»Anstatt als würdiger Häuptling den Befehl zu übernehmen und Ordnung im Dorf zu schaffen, macht er sich mit Schelmereien lächerlich: Er ist ein Clown.«

Für Tivi ist er zugleich Ansporn und Herausforderung: Ihn für den heiligen Glauben zu gewinnen ist ihre Aufgabe. Sie ist sicher, durch ihn alle Indiodörfer für das Reich Gottes zu gewinnen.

Für Uxa ist Caliban, wenn nicht der Teufel selber, so doch dessen hochkarätiger Gesandter. Der sie bedrängt. Der die arme Tivi in Versuchung führt.

»Ach was! Gesandter des Teufels ist hier nur dieser Cunhãmbebe.«

»Das wird böse enden, Tivi! Mit diesem superfrommen Gerede gehst du viel zu sehr auf Caliban ein, Tivi!« schimpft Uxa aufgebracht.

Für alle aber steht Caliban im Zentrum des Interesses. Die Galibi verfolgen ständig aufmerksam, was er macht, was er sagt. Die drei Christen diskutieren unermüdlich darüber, ob Caliban an das glaubt, was er erzählt. Manchmal scheint er ein Unschuldslamm zu sein, manchmal einer, der es faustdick hinter den Ohren hat.

»Von wegen!« sagt Orelhão. »Dieser Tuxaua ist ein Spinner! Er erzählt uns seine Wahnsinnsgeschichten und weiß genau, daß alles Quatsch ist. Das sind Geschichten, mit denen man Indios einwickeln kann. Ich falle auf sein Gerede nicht rein.«

Die beiden Frauen haben da ihre Zweifel. Gewiß, er erzählt viel Blödsinn. Aber sicher ist auch, daß er felsenfest an das glaubt, was er erzählt. Sie erklären dem Schwarzen, daß für die Galibi Träume die Seele des Menschen sind, die aus dem Körper heraustritt, herumläuft, herumfliegt und Streiche spielt. So gesehen, passiert das, was in den Träumen geschieht, wirklich, wenn auch in der Welt der Träume. Das geht so weit, daß sie von jemandem Entschädigungen verlangen, der ihnen in ihren Träumen geschadet hat. Und sie machen selber spontan wieder etwas gut, wenn sie in ihren Träumen einen Kameraden betrogen haben.

Neulich hat Caliban geträumt, daß seine Tochter – die er gar nicht hat –, als sie seinen Enkel gebären wollte, eine Ananas geschissen hat, um Orelhão eine Freude zu machen. Die Nonnen mußten ihre beste Nähschere dem Schwarzen geben, der sie dem Tuxaua als Entschädigung aushändigen sollte.

»Weißt du, Orelhão, der Traum ist die Hauptquelle der Weisheit der Galibi. Alle nehmen hier Caapi, um Träume zu haben, die zugleich Übungen und Lehrstoff sind. So lernen die Jungen zu jagen und durch den Urwald zu gehen. So wissen die Männer, was geschieht und kennen die Risiken dessen, was geschehen wird.«

Überspannt, wie sie nun einmal ist, behauptet Tivi, der Traum sei die Schule des Lebens. Ohne Träume wüßten diese Indios nicht, wie sie leben sollten. Im Traum lernen sie alles. Träume vermitteln den Galibi, was das Globo-Fernsehen den Brasilianern gibt: Sie betrügen, verführen und trösten. Und eigentlich sind sie viel besser, weil sie weder Versicherungen noch portugiesische Seife verkaufen wollen. Und sie haben außerdem den Vorteil, daß das Programm immer live ist und der Indio sich selber sieht, wie er Wunder vollbringt. Ohne die Illusionen des Fernsehens würde der Brasilianer aus Trauer über das Leben, das er führt, sterben. Ohne seine Träume würde auch der Indio verrückt werden.

»Eines Tages nimmst du auch noch Caapi, meine Liebe! So viel Begeisterung kann gefährlich werden«, beschwört Uxa.

Calibans beste Träume, die das ganze Dorf hingerissen verfolgt, sind die von seiner Tochter Mina, die noch geboren wird, und von seinem Enkel Poró, den er auch nicht hat. Eben dieser Enkel kommt schon vor seiner Geburt aus dem Mutterleib, wächst mühelos, ist hochzufrieden wie ein erwachsener Mann unterwegs und durchstöbert die Welt. Hinterher kehrt er wieder in den Bauch zurück. Einmal brachte er sogar ein widerliches Stinktier als Gefährten mit. Die Mutter wollte es nicht mit reinlassen. Er flehte:

»Deine Höhle ist so dunkel, Mutter. Allein habe ich Angst.«

»Nein, Poró, das erlaube ich nicht. In meinen Bauch lasse ich nur meinen Sohn.«

»Ach, laß mich doch, Mutter. Dein Herz schlägt wie

eine Trommel. Dein Eingeweide grummelt zu sehr. Allein halte ich es nicht aus.«

In den meisten Träumen erscheint Calibans Tochter und erzählt Träume, die er wiederum morgens im Männerhaus und nachmittags den Frauen im Hof erzählt, die dann zuhören und lächeln. Er erzählt, was jene Tochter ihm erzählt hat:

»... Vater, heute nacht habe ich geträumt, daß mein Sohn in mir ist. Ich habe ihn oben auf einem großen Berg geboren.«

»... Sein Körper ist durchsichtig, Vater. Das Haar ist pechschwarz. Als er geboren wurde, sprach er.«

»... Als ich entbunden hatte, kamen alle Tiere, um meinen Sohn Poró zu erheitern.«

»... Als die Nacht hereinbrach, Vater, waren meine Brüste trocken und Porominare weinte vor Hunger. Da kamen ein Schwarm Kolibris und ein Schwarm Schmetterlinge, die brachten ihm Blütenhonig. Glaubst du mir? Es war wunderbar, Vater.«

»... Er bekreuzigte sich und sein Gesicht wurde fröhlich.«

»... Alle Tiere leckten Poró freudig.«

»... Da ich sehr müde war, legte ich meinen Sohn neben mich und schlief ein.«

»... Als ich am nächsten Tag aufwachte, war Poró eine Pfeilschußlänge von mir entfernt.«

»... Ich wollte zu ihm, aber die Tiere ließen mich nicht durch.«

»... Ich war sehr verzweifelt, Vater, und schrie nach Poró. Da sah ich, wie ein Schmetterlingsschwarm meinen Sohn hochhob und ihn zu mir brachte.«

»... Als er näher gekommen war, nahm ich Poró in meine Arme, und die tausend bunten Schmetterlinge ließen sich auf mir nieder.«

»... Die Tiere umringten mich und stellten sich auf mich gestützt auf die Hinterbeine.«

»... Ich war sehr eifersüchtig auf meinen Sohn und hob ihn über meinen Kopf.«

»... Das Gewicht der Tiere ließ mich stürzen, aber mein Sohn blieb auf den Schmetterlingsflügeln schweben.«

Nachdem er den Traum seiner Tochter erzählt hatte, fragte Caliban, ob jemand den Lärm und den Aufruhr der Tiere gehört hätte. Niemand hatte etwas gehört.

»Wir haben nur den Wind wehen hören«, sagte jemand.

Er erklärte dann, daß der Aufruhr der Tiere, den es tatsächlich gegeben hatte, die Ankündigung der Schwangerschaft seiner Tochter sei, die noch geboren wird. Die Tochter, die seinen Enkel gebären wird, Poró.

»Wie denn? Wenn er nicht einmal eine Tochter hat?« fragte Orelhão, der nur das glaubt, was er sieht.

»Mysterien sind das«, meint Tivi. »Nichts ist unmöglich. Leben ist Träumen.« Das ganze Dorf kommentiert Calibans Visionen. Eines Tages werden sie wahr.

... Poró wird geboren werden, der Kindmann.
... Da kommt Poró, der Herr der Welt.
... Poró wird geboren werden, der Herr des Himmels.
... Poró wird geboren werden, der Herr der Tiere.
... Poró wird geboren werden, der Sohn Calibans.
Er wird nicht aus ihrem Körper kommen, sondern aus ihrer Seele, von Gott geschwängert.

Sie wird auf dem Gipfel des Berges gebären, so wie er es geträumt hat. Wenn Poró geboren wird, werden die Tiere und die Vögel wieder sprechen. Jedes Wort, das sie sagen, verwandelt sich augenblicklich in ein Ding. Es werden viele Wunder geschehen. Es wird wieder so sein wie damals, als wir den Mais, den Tabak und das Maniok bekamen; das Cauim, das Paricá und das Caapi. Was wird jetzt kommen, durch Porós Hand, und die Welt bereichern, das Leben lebenswerter machen?

Orelhão führt jetzt ein Lotterleben: er ist ausgeflippt. Wenn er die Nonnen trifft, begrüßt er sie so:

»Sururucatu«, und er wiederholt auf portugiesisch: köstlicher Fick.

Seit er die Sprache gelernt hat, hat er Freundschaften geschlossen. Vor allem eine ziemlich unanständige, mit Axĩ. Eine intime. Die beiden lassen nicht voneinander. Den ganzen Tag lang schweifen sie bemalt und geschminkt durchs Dorf. Durchs Haus der Masken, beim Sperberkäfig vorbei, auf den Feldern, am Fluß entlang. Schwätzend. Nachts im Männerhaus schüren sie das Feuer durch Erzählen wilder Geschichten und balgen sich mit den anderen.

Tivi, die Axĩ nie ausstehen konnte, betrachtet argwöhnisch die Unzertrennlichkeit der beiden, sagt aber nichts. – Da kann man nichts machen. »Man hätte ihn lassen sollen«, denkt sie. »Es wäre besser gewesen, ihn mit Rixca zu verheiraten.« Uxa macht mißmutig noch mehr Tangas, um ihre Enttäuschung zu verbergen. Sie kann die Anwesenheit Orelhãos nicht mehr ertragen, ohne ihn mit Mißfallensäußerungen zu traktieren.

»So 'ne dicke Freundschaft ist schon ein Verhältnis!«

Die beiden Frauen können sich gar nicht darüber beruhigen, daß ihr Indiostamm den Perversitäten dermaßen zugetan ist. Hier leben viele Männer oder Halbmänner wie dieser Axĩ, der ein Frauenleben führt. Sie malen sich mit Frauenfarben an, schmücken sich mit ihrem Schmuck. Einige heiraten sogar, um einen Ehemann zu haben. Sie verlassen den Club und gehen in die Häuser der Schwestern, um sich um die Kinder zu kümmern und etwas Leckeres zu kochen, das sie dem Mann nachmittags zum Essen in den Hof bringen. Niemand scheint sich hier darum zu kümmern. Vielleicht, weil es wenige sind. Oder weil sie sympathisch sind. Den Galibi ist das gleichgültig.

»Sodomie ist nicht nur eine Sünde, sie ist eine Schande«, finden die entsetzten Nonnen. »Schamlose Kerle!« Sie wagen es nicht, mit Orelhão über dieses heikle Thema zu sprechen. Sie befürchten wieder eine wütende Reaktion, wie damals, als sie ihm geraten hatten, nicht die Dummheit zu begehen, die Hütte der Menstruierenden zu betreten.

»Warum nicht? Ich bin ein freier Mann!«

Frei mag er wohl sein, werden sie gedacht haben. Ob er ein Mann ist, wird sich zeigen. Ein echter, ganzer, männlicher Indio geht nicht einmal in die Nähe des Hauses der Mondpfeilgetroffenen. Er ekelt sich. Die Frauen finden sich übrigens nur an jenen Tagen, an denen sie verhindert sind, dort zusammen, um zu zeigen, daß die anderen da draußen vollkommen rein, das heißt absolut fickbar sind.

Da Tag für Tag mindestens eine herauskommt oder hineingeht, ist dort der Hauptumschlagplatz des Dorfklatsches. Deswegen ist auch Axĩ ständig dort. Er ist der Bote, der die Gerüchte von der Hütte zum Club und vom Club zur Hütte trägt.

Orelhão begleitet Axĩ buntbemalt und mit seinem auffälligen Federbusch überallhin. Er nimmt sogar an den Besuchen und Gesprächen bei den Pfeilgetroffenen teil. Er wirkt eigentlich schon wie ein Indio.

»Das Gute am Leben ist das Lächeln. Sururucatu, Schwägerin.« Für ihn ist jetzt jede Frau Schwägerin.

Durch dieses enge Zusammenleben lernt er schließlich perfekt ihre Sprache. Er kann schon jedem Gespräch folgen. Im Frauen- wie im Männerdialekt. Er sagt nur wenig, denn er hat Schwierigkeiten mit der Aussprache. Über seinen Gaucho-Akzent lachen sich alle tot.

»Der Mund eines Schwarzen taugt eben nicht für die Indiosprache«, sagt Uxa.

Unglücklicherweise passierte das Unausweichliche: Caliban entdeckte schließlich, daß Orelhão einem Stamm und Uxa und Tivi einem anderen Stamm angehören. Nun will er ganz genau wissen, wie das ist und warum sie ihn so lange belogen haben.

»Ich war schon immer mißtrauisch: er so schwarz, ihr so weiß. Ihr konntet nicht vom selben Stamm sein.«

Die beiden Frauen machen durch ihre Erklärungen die Sache nur komplizierter. Uxa sagte zuerst, er habe sich geirrt. »Wir gehören alle derselben Nation an. Wir denken nur unterschiedlich.«

»Ach was! Sein Volk kennt nicht einmal die zwölf Arzneien. Dort sterben die Alten an Altersschwäche. Die Familien leben jede für sich, die Eltern wohnen mit den Kindern zusammen. Ihr täuscht mich nicht. Das wird euch in Schwierigkeiten bringen. Ganz große!«

Tivi begann einzuräumen, daß es wirklich Unterschiede gibt, und gab schließlich zu, daß sie tatsächlich zwei verschiedenen Stämmen angehörten: Allerdings seien beide mit Schwarzen und Indios gemischt.

An dieser Stelle faßte Caliban nach, wollte genaueres wissen. »Galibi-Indios wie wir? Wie das? Ihr habt Leute von mir da bei euch? Und was machen die da? Warum habt ihr mir das nie gesagt?«

Caliban streitet weiter mit der Nonne. Er will wissen, ob sie nur Männer oder aber auch Frauen rauben. Sicherlich auch Frauen, zum Schwängern, weil die dortigen wohl alle unfruchtbare Nonnen wie sie beide sind.

»Sind sie es nun oder nicht?«

Vor Wut geifernd, will Caliban wissen, was sie mit den Männern machen. Brauchen sie die Männer, damit sie für Geld arbeiten und vor Trauer sterben? Oder brauchen sie sie als Deckhengste?

»Ist es so oder etwa nicht?«

Tivi sagt weinend, daß dies nicht so ist. Als der Tuxaua davon gerührt war, beging sie die Dummheit, zuzugeben, daß sie beide nur daran interessiert seien, die Seelen zu erobern. Er explodierte und brüllte, er hätte immer das Gefühl gehabt, daß diese Missionsgeschichte eine Art Seelenraub sein könnte.

»Ist sie es oder nicht? Seelenerobern, ist das nicht euer dreckiger Job? Und dieser Schwule, was sucht der hier?«

Das Risiko ist tödlich. Caliban geht fuchsteufelswild hinaus. Sicher hat er Paricá geschnupft, um herauszubekommen, was das für eine Geschichte ist, und um wirksame Maßnahmen zu treffen. Orelhão versteckt sich ängstlich in der Hütte der Nonnen – was tun? Da hocken nun die drei.

Tivi: »Siehst du, was du da angerichtet hast, du Schwuchtel?«

Orelhão: »Selber Schwuchtel. Tunte bin ich.«

Uxa: »Das beweis mir mal!«

Orelhão: »Was kann der Typ denn machen?«

Tivi: »Was er will. Mindestens ...na, ich weiß nicht: Alles!«

Sie besprachen das rauf und runter, bis sie vor Müdigkeit umfielen. Im Morgengrauen wachten sie verschreckt auf vom Lärm, der aus dem wild erregten Männerhaus tönte. Rundherum, aus den Häusern der Frauen, stieg auch ein Höllenlärm auf. Noch in sicherer Entfernung beratschlagten die drei schreckensbleich, was da wohl los sei. Schließlich begriffen sie, daß Caliban, der von Haus zu Haus ging und seinen neuesten Traum erzählte, diesen

Aufruhr auslöste. Er kam bis zu ihrer Hütte, wie ein Besuch, lächelnd, ganz der Verführer. Und stürzte sich auf Tivi.

»Lach, meine Gottesteufelin. Laß uns lachen. Ich bin fröhlich, sehr fröhlich«, sagte er und kniff dabei Tivi in den Hintern und kitzelte sie.

Stunden später hörte Orelhão, der das Dorf wiedererreicht hatte, von Axĩ die Erklärung, die der Tuxaua nicht hatte rausrücken wollen: Der Schelm wollte nur Tivi in der Hütte kitzeln und sie Gottesteufelin nennen.

»Wir sind gerettet! Caliban hat geträumt, daß er Tivi bei der nächsten Caapi-Orgie heiratet.« Spitzbübisch wiederholt Orelhão mit der Stimme des Tuxaua:

»Die Teufelin wird meine Tochter gebären. Deshalb erschien mir mein Töchterchen immer so weiß. Sie gehört zu Tivis Rasse, der der Gottesteufelin.«

»Hast du gehört, Tivi. Hast du gehört? Du wirst Porós Großmutter sein, des Gottes Poró: des Herrn der Welt. Des Herrn der Tiere. Du wirst Gott gebären, Tivi.«

Glückliches Alter

Die Sache mit dem Glücklichen Alter gefiel Caliban ausnehmend gut. Er wollte Einzelheiten wissen. War ganz damit einverstanden. Aber begreifen tat er nichts, überhaupt nichts. So wenig, daß er folgerte:

»Hier bei den Galibi war es immer so. Dem altersschwachen und dem jungen Leidenden haben wir immer beim Sterben geholfen.« Er gesteht dann, daß sie Mund und Nase des Armen mit der Hand verschließen und so mit ihm Schluß machen. Dabei trösten sie ihn:

»Du hast schon genug Bocororo getanzt, Saé. Du hast viel Suruiá gesungen, schon viel zu viel gevögelt. Stirb ruhig. Du wirst ein Caititu oder ein Queixada werden und glücklich auf dem anderen Ufer weiden.«

Tivi, die Kattunkleidung für ihre gemeinsame Traumreise nähte, wurde böse und nannte das Mord. Sie stand, erregt durch Calibans gräßliche Auslassungen, ungeduldig auf. Orelhão, der einen Konflikt fürchtete, vermittelte:

»Ruhig Blut, gute Nonne. Der Arme sieht zwischen den

mörderischen Gebräuchen seiner Leute und den gerontoziden Praktiken der Zivilisation keinen Unterschied. Nun mal ganz ruhig.«

»Ach was, Zivilisation. Das ist Häresie und zwar von der schlimmsten Sorte«, sagt Uxa. »Gott und die Regierung mögen mir vergeben: Dieses Gesetz des Glücklichen Alters ist zwar in meinen Kopf gegangen, aber im Herzen bleibt es mir stecken.« Orelhão stimmt erregt zu und will, nunmehr von Entsetzen gepackt, näheres über diese neueste Ungeheuerlichkeit aus ihrem Brasilien wissen. Tivi nimmt ihre Näharbeit wieder auf und erklärt, daß jenes Gesetz vor drei Jahren, als sie dort weggingen, in Kraft getreten war.

»Wenn ich zurückkomme – falls ich das überhaupt tue – sehe ich meinen Vater nicht wieder. Der Arme! Dieses Jahr ist er dran: Er wird sechzig. In drei Jahren ist meine Mutter dran. Sicher, leiden tun sie nicht. Aber stimmt das auch?«

»Wer sagt mir, ob mein Pate LSD, Morphium, Kokain und Heroin mochte?« fragt Uxa. »Meiner Meinung nach haben sie ihn gezwungen.«

Orelhão fordert noch genauere Aufklärung. Ohne die Arbeit an Calibans Kleidern zu unterbrechen, setzt Tivi ihm mit trauriger Stimme die Angelegenheit auseinander:

»Das ist so: Wer das sechzigste Lebensjahr vollendet, holt sich aus irgendeiner Apotheke die Droge, die er mag. Man braucht nur den Personalausweis vorzulegen. Man nimmt sie und zieht dann völlig high, Hand in Hand mit anderen Sechzigern des Viertels, los. Wenn ich dran bin«, und sie fügt hinzu, »falls ich nicht hier sterbe und überhaupt sechzig werde, will ich dieses Drogenglück nicht.«

Die gedrückte Stimmung erleichtert es den dreien, sich einander anzuvertrauen. Tivi, von der Zukunft sichtlich beunruhigt, hört wieder auf zu nähen und spricht wie jemand, der laut denkt, von den Schwierigkeiten, in die sie sich gebracht haben.

»Wir sind am Vorabend der Rotation weggegangen.« Sie wollte unbedingt Missionarin werden. Sie hatte sich jahrelang darauf vorbereitet: mit lernen, beten, fasten. Es wäre zu viel von Gott verlangt gewesen, daß er auf ihre Bitten hin von den Tausenden von Berufen, die Prospero, der Computer, bei der halbjährlichen Rotation verlost, ausgerechnet ihr den einer Missionarin zugeteilt hätte. Also war sie geflohen. Beide waren geflohen. Sie, um in ihrem Beruf anzufangen. Uxa, um darin weiterzuarbeiten. Sie waren hierher gekommen und hatten die erste ökumenische Mission Brasiliens gegründet.

Tivi erklärt, daß ihre Lage völlig illegal ist. Seit Jahren haben sie nicht rotiert. Uxas Lage ist sogar noch schlimmer, denn sie kann, da sie nicht mehr jung ist und vom Drogenglück nichts wissen will, auf gar keinen Fall dorthin zurückkehren. Sie folgert:

»Wir müssen hierbleiben, Orelhão. Für immer. Wer weiß, vielleicht gründen wir mit diesen guten Galibis eine neue Christenheit.«

»Einen von diesen Indio-Jungen vorzubereiten, ihn zum Priester der Heiligen Mutter Kirche oder zum Pfarrer der Pfingstkirche zu weihen, ist unser Lebenstraum.«

Orelhão fragt sich, ob seine Lage nicht noch schlimmer ist. Für die Armee gilt er als Deserteur. Und da er noch in diese Eldoradogeschichte verwickelt war, sogar als subversiv. Die Strafe ist klar: ein Schuß in den Nacken von irgendeinem der tausend Unteroffiziere, die zum Leutnant berufen sind.

»Und wenn ich hier weggehe, weiß ich auch nicht, wo ich dann lande. In meinem Brasilien mit dem verrückten Guayanischen Krieg? Im Brasilien der Nonnen? Das Beste ist wohl, ich bleibe hier.«

Am nächsten Tag greift Tivi, die gute Gründe für alles auf dieser Welt findet, die Näharbeit und das Thema wieder auf und sucht nach Gründen für das Glückliche Alter: Man hatte die Wahl gehabt. Entweder mußten weniger Kinder geboren oder die Lebenszeit der Alten mußte begrenzt werden, indem man die Sechziger unter Drogen setzte.

»Welche Entscheidung war barmherziger?« Es tut ihr leid, aber sie folgert, daß es unausweichbar die Alten treffen mußte. Es mußte sein. Das Verbrechen der chemotherapeutischen Geburtenregelung, das sich unter der Jugend verbreitet hatte, war viel schlimmer. Und vor allem die Zwangssterilisierung der armen Frauen, vor allem der Schwarzen und Mulattinnen über dreißig Jahre, eine Maßnahme, die unter der Schirmherrschaft der reichen Nationen begonnen worden war.

Uxa, die wie immer Tangas häkelt, hält ihr entgegen, daß eine Entscheidung überhaupt nicht notwendig gewesen sei. Die beste Lösung dieses Problems – wie auch für alle anderen Probleme – sei längst vorgegeben gewesen: es sei die christliche. »Wir haben«, sagt sie, »immer betont, daß die Funktion des Geschlechtsverkehrs eine ausschließlich prokreative ist. Wenn niemand übertreiben würde und der Wollust verfiele, würden selbstverständlich nur die notwendigen Kinder geboren werden.«

»Aber es gab auch die Hungersnot«, sagt Tivi. »Das Programm wurde hauptsächlich entwickelt, um die Alten durch Junge zu ersetzen. Nur indem man die unproduktiven Münder, die schon genug gegessen hatten, eliminierte, konnte man die Kinder und Jugendlichen ernähren, die noch nicht gegessen hatten. Noch irrsinniger war die Idee des Senators Swift gewesen, der den Neokannibalismus plante, demzufolge jeder Tote zu Schinken verarbeitet werden sollte[1]. Das allerdings wäre die reinste Barbarei.«

Caliban, der spazierengegangen war, weil er das Portugiesische nicht mochte, kam fröhlich zurück. Er hatte einen Korb aus grünem Palmstroh umgehängt, in dem eine tiefschwarze Cuia steckte. Daraus aß er genüßlich goldgelbes Farofa, das er auch den anderen anbot. Orelhão, der etwas genommen hatte, spuckte, als er erfuhr, was er da aß, alles prustend wieder aus. Es war eine Paçoca aus dem getrockneten Fleisch eines Schwiegervaters von Caliban. Tivi, die für alles eine Erklärung findet, versuchte zu rechtfertigen:

»Das ist die Kommunion der Wilden, Leute: Der Verzehr des Fleisches der verstorbenen Verwandten, auf dem Rost getrocknet, mit viel Mehl vermischt und gut gepfeffert. So versuchen unsere Indios auf ihre Weise und auf ihrer zivilisatorischen Ebene die Unsterblichkeit zu erlangen. Die Toten werden wieder auf ewig lebendig, weil sie zufrieden in den Körpern der Lebenden weiterleben.«

»Wenn ich das richtig sehe, geht hier aber auch gar nichts verloren«, bemerkt Orelhão. »Tivi, heute bist du wirklich unmöglich!«

Sie ist gegen Uxas fixe Idee, mit diesem Indiobrauch Schluß zu machen. Sie fragt, die Diskussion wieder aufgreifend, mit welchem Recht sie sich in deren private Angelegenheiten einmischen sollten. Dies sei wirklich ein Ritual. Es sei das verehrungswürdige Ritual des

1 Anspielung auf die 1729 in Dublin erschienene Satire Jonathan *Swifts*: »Ein bescheidener Vorschlag, wie man verhindern kann, daß die Kinder den armen Eltern oder dem Lande zur Last fallen und wie sie vielmehr eine Wohltat für die Öffentlichkeit werden können«, in der vorgeschlagen wird, Kinder zu essen. Gleichzeitig aber auch eine Anspielung auf eine bekannte Fleischwarenfabrik namens Swift.

Endokannibalismus. Ein Brauch, der von allen wilden Völkern auf der ganzen Welt anerkannt würde. Selbst die heute so progressiven Deutschen wären zu Tacitus' Zeiten Kannibalen gewesen. Die klassischen Japaner hätten Menschen gegessen. Das sei viel schlimmer, als wie unsere Galibis Endokannibalen zu sein. Seit Jahrtausenden hätten ihre Indios ihre Verstorbenen gegessen und seien gut damit gefahren. Warum sollten sie sich da einmischen?

»Unsere Religion untersagt es: verbietet es!« schreit Uxa außer sich. Tivi wägt ab:

»Aber das sind doch Wilde, Uxa. Das ist ein Brauch der Wilden. Der Wil-den. Was willst du denn? Gott hat sie so gemacht und zieht sie uns sogar noch vor. Wir sind hier auf der Suche nach dem verlorenen Sohn. Nicht sie wollen uns bekehren. Wir sind auf der Suche nach den von Gott Geliebten hierhergekommen.«

»Das ist wahr, aber ist das richtig?« fragt Uxa. »Wäre unser Platz nicht an der Seite der verzweifelten Alten, die kurz vor dem Glücklichen Alter stehen? Ich habe dir ja gesagt, daß wir, anstatt Indios zu retten, dort bleiben und heimlich unseren Lieben beistehen könnten, die neunundfünfzig werden.«

»Das waren Pläne, meine Liebe, überholte Pläne. Tatsache ist, daß wir hier sind und diese glücklichen Völker zum Christentum rufen. Diese Galibis, die körperlich so gesund sind – und sogar schön –, rufen wir dazu auf, die Lämmer Gottes zu sein. Sieh mal, es ist unsere Pflicht, mit ihnen, deren Köpfe so klar und rein sind – wenn sie auch voller Unsinn stecken –, die neue Christenheit zu schaffen. Diese wilden Rituale zeigen nur, daß sie unreife Völker sind. Morgen, wenn sie die Reife erlangt haben, werden sie sich mit dem Sakrament der Eucharistie zufriedengeben.«

»Und ihr habt heute schlechte Laune«, bemerkt Orelhão.

Uxa und Tivi setzen sich, nehmen ihre Häkel- oder Näharbeit wieder auf und stürzen sich erneut auf das aufwühlende Problem. Orelhão, den das alles sehr verwirrt hat, will es nun ganz genau wissen.

Tivi erklärt, der entscheidende Grund für die Einführung des Gesetzes des Glücklichen Alters sei das Überhandnehmen von alten Menschen gewesen – viele waren einhundertzwanzig und einhundertachtzig Jahre alt –, ein Unding. Haufenweise mußten die Alten, weil ihre Verwandten genug von ihnen hatten, an sonnigen Tagen von Wärtern auf den Plätzen zum Entlüften zusammengepfercht werden.

Sie erklärt ihm, daß sie sich daran erinnert, daß die Einführung des Gesetzes keineswegs überstürzt vollzogen wurde. Im Fernsehen sei das Für und Wider ausführlich während der besten Einschaltzeiten im ganzen Land, in allen Sendern gleichzeitig diskutiert worden. Unangenehm sei allerdings gewesen, daß die Alten, da das ethische Prinzip befolgt wurde, nichts vor ihnen zu verbergen, die ganze Diskussion mitverfolgten. Aber da sie die Mehrheit gewesen seien, hätten sie die übrigens proportionale Abstimmung verloren. Die Entscheidung sei auf Basis des computergesteuerten aleatorischen Stichprobenverfahrens getroffen worden, das keine Fehler zuläßt.

»Nach der Abstimmung wurde das Gesetz eingeführt«, fügt Uxa hinzu.

»Im ersten Jahr, dem Einführungsjahr, setzten sie die über Siebzigjährigen unter Drogen. Im darauffolgenden Jahr war es die Altersgruppe über fünfundsechzig. Dann kam die dritte Gruppe dran: die über Sechzigjährigen. Schließlich begann seit Januar vergangenen Jahres das

Jahresprogramm. Jedem Menschen, der sechzig Jahre alt wird, schlägt die Stunde des Glücks.«

»Das ist schon schlimm genug, auch wenn es noch schlimmer sein könnte«, sagt Tivi. Tatsächlich sah es bös aus. Die jungen Leute des reichen Brasilien hatten sich der Drogen bemächtigt, die ihren erotischen wie auch politischen Eifer versiegen ließen. Aus lauter Überdruß flippten sie alle aus und wurden schwul. Als dann das Gesetz allen ab einem angemessenen Alter den Zugang zu den Drogen erlaubte, war es aus mit der Begeisterung der Fixer und Hascher.

Im lauten Selbstgespräch kommt Tivi für sich zum Schluß, daß das Glückliche Alter auch ein Ergebnis des göttlichen Willens ist.

Gott selbst hat gesagt: Wachset und mehret euch. Gottes Wort fiel auf fruchtbaren Boden. Das unvermeidbare Ergebnis der Mischung aus göttlichem Willen und menschlicher Begierde, zu der sich noch der ebenso wunderbare wie unverantwortliche Fortschritt der medizinischen Wissenschaft gesellte, war das zwangsweise Glückliche Alter, das schließlich gesetzlich festgeschrieben wurde. Hierfür wurde durch einen institutionellen Akt eigens das Prinzip in die Verfassung der Republik aufgenommen:

»Das Leben des einzelnen währt nicht unbegrenzt.«

Laßt uns, werte Leserin und werter Leser, über diese Verordnung gemeinsam nachdenken. Sie ist die Anerkennung der notwendigen Zwangsläufigkeit des Todes, der, da er, wie allgemein bekannt, unausweichlich ist, nur programmiert werden kann. Unter diesen Umständen bleibt uns nur der Trost, uns daran zu erinnern, daß, wie die chinesischen Weisen sagen, das Unvermeidliche immer das Beste ist.

Tatsächlich brachte die außerordentliche, wenngleich

nur quantitative Zunahme der Menschheit mit ihrem stürmischen Wachstum das Faß zum Überlaufen: Schließlich bedrohte so viel menschliches Leben das Überleben der Menschheit insgesamt. Die Hälfte der Bevölkerung war schon aus Altersgründen unproduktiv. Ein Sechstel war ebenfalls, weil es Kinder waren, unproduktiv. Dadurch traf eine unerträgliche Last das aus den produktiven Arbeitern, die schon zu erschöpft waren, gebildete Drittel. Als diese Grenze erreicht war, erwies sich das fröhliche Ende im Glücklichen Alter als die großzügigste Lösung.

Wie findet der Leser dies? Schließlich ist auch er sterblich. Oder etwa nicht? Ich glaube manchmal, daß diese Sechzigjährigen im letzten Lebensjahr durchaus mehr Genuß empfinden als das ganze Leben vorher. Das ist möglich oder auch nicht. Ein größerer Genuß als die zweifelhaften Genüsse des Alters wird es ganz gewiß sein.

»Und die Seelen?« fragt Uxa.

»Wieso die Seelen?« antwortet Tivi. »Zum Glück braucht die Seele keinen Platz, sonst würde der Himmel auch noch rationiert sein.«

»Wohin treiben wir aber, Tivi, in einer Welt, in der die Barmherzigkeit tödlich ist?«

»Das kann doch nur besser werden, meine Liebe. Vergiß nicht, daß die Heilige Theresa starb, weil sie in die Herrlichkeit eingehen wollte. Das war doch so? Ich hab' das alles nicht erfunden. Ich denke nur rational. Mir gefällt es auch nicht besonders, aber ich sehe einfach, daß eine Welt voller junger Menschen angenehmer ist. Das Brasilien des Glücklichen Alters, in dem man nicht mehr traurig zusieht, wie das Alter leidet, wird fröhlicher werden. Das Land wird sogar schöner werden.«

Orelhão findet diese Lösung entsetzlich und will wissen, ob es keine Alternative gab.

»Ging das nicht anders?«

»Anders ging das schon«, erklärt Tivi. »Nur waren die Alternativpläne noch schlimmer. Der des Senators Swift, die Armen als Schinken zu essen, wurde sofort verworfen: Irenspinnerei!«

Der heftig diskutierte Plan, Altersphalansterien[1] zu gründen, hatte glühende Verfechter. Diese APs sollten riesige klimatisierte Baracken sein, die jeweils 100 000 wie Fledermäuse an Stangen aufgehängte Alte aufnehmen können, die in Fötalstellung in uterusförmigen Plastiksäcken stecken. Jeder Alte sollte einen Schlauch in den Mund, einen an der entgegengesetzten Seite bekommen, den einen zur Milchaufnahme, den anderen zur Entleerung. Er sollte außerdem einen Kopfhörer im Ohr haben, um zärtliche Stimmen zu hören:

»Liebes Großväterchen, ich hab dich so lieb, so lieb, so lieb...«

Tivi zieht es zweifellos vor, ihren Vater angetörnt und high, völlig ausgeflippt auf dem Rasen im Alá-Park tanzen zu sehen, als ihn wie eine Fledermaus aufgehängt zu wissen, die elektronischen Schmuseworten zuhört.

Ich weiß nicht, was meine Leserin dazu sagt, noch kann ich es mir vorstellen. Ich finde es – unter uns gesagt – widerlich. Aber was soll man machen? Daß dies sehr wohl unser süßes Schicksal sein kann, dem stimme ich zu. Vielleicht ist es sogar unausweichlich: Todesverhängnis.

Zuerst aßen die Menschen einander kannibalisch auf. Menschen waren Wildbret, wie anderes auch, aber mit feinerem, besserem Fleisch. So mußten ihnen wirkliche Men-

1 Phalansterium: Bezeichnung für die von Charles Fourier (1772–1837) konzipierte, aus 1800 Arbeitern bestehende Produktionsgemeinschaft.

schen ungeheuer ähnlich vorkommen – aber offensichtlich doch nicht menschlich:

»Sie sprechen nicht einmal unsere Sprache.«

Im Laufe der Evolution gingen wir dazu über, uns anthropophagisch zu verzehren. Das heißt mit einem großen festlichen Ritual. Schlachterpriester servierten Gott symbolisch das Opfer, indem sie dessen blutendes Herz zeigten oder den Altar mit dem noch warmen Blut besprengten. Den Rest – und das war immer der ganze Körper – aßen die Priester bei einem Bankett mit den vornehmsten Getreuen: den Adligen und den Kriegern.

Mit dem Fortschritt, den die Viehzucht darstellte, ersetzten wir die Menschenopfer durch Ochsen, Lämmer oder Ziegenböcke und sogar – wo es sie gab – durch Lamas. Nur diejenigen, die kein Vieh hatten, wie die Azteken und die Tupinambás, aßen weiterhin Menschen in natura. Aber die Zeremonie lebte überall in eucharistischen, immer aseptischeren Riten weiter.

Mit dem letzten Entwicklungssprung, der diese Unmenge überzähliger und nutzloser Menschen hervorbrachte – vor allem schon ausgelebte Alte –, stellte sich das Problem erneut. Der erste Gedanke war, zur Anthropophagie in ihrer endokannibalischen Form zurückzukehren. Das klappte nicht, da das moralische Substrat zum Verzehr der Toten – sei es nun auf englische oder brasilianische Art – nicht vorhanden war. Für das Glückliche Alter zu optieren, war dann nur noch ein weiterer Schritt, weil er eine reale Lösung eines konkreten sozialen Problems mit sich brachte. Möglicherweise ein philosophisch notwendiger, tödlicher Schritt, da es sich zweifellos um den konsequenten Schlußpunkt der gesamten menschlichen Geschichte handelt. Wir werden immer spiritueller. Im Drogenrausch wird unser Fleisch zu Geist.

»Da kommt Axĩ«, sagt Orelhão besorgt. »Und er ist ganz vergnügt. Er will sicher, daß ich ihm diese ganze Geschichte übersetze. Ich werde wieder lügen, und er wird mißtrauisch sein. Dieser Schwuli ist wirklich zu empfindlich. Immer glaubt er, ich würde ihm die wichtigsten Sachen verheimlichen.«

Zum Glück kam Axĩ nicht näher und ging vorbei. Er warf Orelhão nur einen weichen Blick zu und entfernte sich, knallrot mit Urucum bemalt, mit seinem tänzelnden Gang.

»Ich geh' zum Frauenhaus, mein Lieber! O.K.?«

Ich weiß wohl, lieber Leser, daß dieses Galibi-Reich kein Schlaraffenland ist. Es ist weit entfernt vom Überfluß der geträumten Welten:
– Kühe mit unerschöpflichen Eutern.
– Flüsse aus Milch und Honig.
– Bäche aus Bier und Cachaça.
– Fische, die angstvoll in die Töpfe springen.
– Magisches Wildbret, das sich in jedes Gericht verwandelt.

Von alledem gibt es nichts. Nicht einmal Kühe. Keinen Wein. Weder Bier noch Cachaça. Der Honig, den es gibt, steckt im härtesten Holz und wird von Bienen verteidigt, die eher Hornissen gleichen.

Dennoch hat es immerhin seine rustikalen Reize. Vor allem dieses arglose, liebenswürdige Indianervolk. Da sie nie die Zügel der Sklaverei oder des Angestelltenstatus gespürt haben, bewahren sie sich eine Unschuld und Ganzheit, wie sie bei uns nur noch bei Kindern, Verrückten oder Greisen zu finden ist.

Auch ihre für alle Tätigkeiten äußerst geschickten Hände sind rühmenswert. Sie können aus den einfachsten, wertlosesten Dingen aus lauter Schaffensfreude

Vollkommenes machen, weil sie nicht einmal wissen, daß sie arbeiten.

Ihre Stärke liegt allerdings nicht im Vermögen, etwas herzustellen. Sie liegt vielmehr in der Kunst des Zusammenlebens. Da stehen sie einzig da. Sie organisieren ihr Gemeinschaftsleben wie jemand, der findet, daß das Wichtigste im Leben das Zusammenleben ist, ein freies Miteinander ohne Angst vor Herren, Königen und Göttern.

Ich nehme sogar an, daß die wirklich kommunistischen Sozialisten, ohne es selber zu wissen, genau so eine Welt wie die der Galibis wollen. Was sie seit langem so eifrig suchen – dieser alte sehnsüchtige Traum von einer Sache, die es sich nur vorzustellen galt, um sie wirklich zu besitzen –, ist nicht mehr noch weniger als eben dieses indianische Zusammenleben in einem mechanisierten und computerisierten Reich: einem zivilisierten Reich.

Ihr Tuxaua, der beispielsweise durchaus ein König sein könnte, ist wirklich ein Witzbold, wie Orelhão so richtig sagt. Aber warum sollte ein König oder ein Chef – wenn es sie nun schon mal geben muß – nicht ein Kamerad sein? Caliban hat in seinem Leben noch nie einen Befehl gegeben, und an dem Tag, an dem er es tut, werden sich alle kaputtlachen.

Ich gestehe, ich bin ein Vergangenheitsfreak.

Doch der Leser möge nicht denken, ich wolle der Rückkehr zur Barbarei das Wort reden. Solch ein Unsinn liegt mir fern. Allerdings habe ich eine unheilbare Sehnsucht nach einer Welt, die es wohl geben könnte, aber nie gab, und von der ich nicht einmal weiß, wie sie aussehen könnte, und dies, wenn ich es wüßte, auch nicht sagen würde.

Ich spiele diese utopischen Spiele mit größter Vorsicht. Ich fürchte, daß eine gleichwohl unerläßliche Reform der

Gesellschaft – indem man sie zerstört und verbessert wieder aufbaut – ein äußerst riskantes und kompliziertes Unterfangen ist. Sicher viel schwieriger, als eine Kuh auseinanderzunehmen und sie wieder zusammenzubauen, damit sie besser muhen und gute Milch geben kann.

Stalin hat es versucht und ist damit baden gegangen, sicherte jedoch den belagerten Sozialismus.

Mao verdoppelte den Einsatz unserer Hoffnungen, als er gärtnerte und das Mandarinat verbot.

Der unvorsichtige Fidel bleibt beharrlich. Mit seiner Hartnäckigkeit wird er schließlich zeigen, daß das Martianische Galibia blühen wird[1].

Und ich drücke die Daumen, daß es klappt: Es wird klappen! Es wird klappen!

»Sehr gut. Gebe es Gott!« – pflichtet dort vom Himmel unser Herr Jesus Christus bei, der endlich in die Politik eingestiegen ist.

1 Anspielung auf *José Martí* (1833–1895), kubanischer Politiker und Schriftsteller, geistiger Führer der Unabhängigkeitsbewegung Kubas.

Caapirausch

Das Dorf wirbelt. Wirbelt wild, verrückt. Die Festmaschine ist angeworfen, reißt alle mit, saugt wie ein Strudel. Das Riesenfest steht bevor. Die wilde Caapi-Feier. Der Caapirausch, der umdreht und verdreht.

Caliban nimmt an allem gelassen teil. Er steht in seiner blauen Baumwollkluft am Käfig des Affenjäger-Sperbers. Alle halbe Stunde piekt er den Sperber mit einem Angelhaken, um ihn zum Kreischen zu bringen. »Schriesch, schriesch, schriesch.«

Gruppen von Indios laufen in alle Himmelsrichtungen. Sie holen, was den Männern zusteht. Das Fleisch der Tiere. Das Fleisch der Fliegenden. Das Fleisch der Fische oder der Wassertiere.

Jeder Tierverwandte will mehr zum Bratrost des Riesenfestes beitragen. Vor allem die Vettern Anta, Caititu und Queixada. Aber auch die Hirsche, die als Schwager mit Bedacht gegessen werden müssen. Wichtig sind auch die Großeltern, Onça Sussurana und Onça Pixuna. Bei diesen muß, bevor sie gebraten werden, die ganze Bauchdecke abgenommen werden, da sie noch verkleidete Menschen sind.

Caliban lehnt nur die Capivaras mit ihrem weichen, stinkigen Fleisch ab. Die Tamanduás mit ihrem Ameisengestank und die Guarás, deren hervorquellende Augen erschrecken und verrückt machen. Recht hat er, diese Tiere waren niemals Verwandte, Menschen.

Das Federvieh hat fast ausschließlich zum Braten ungeeignetes Fleisch. Köstlich ist nur das Mutum. Die Taucherente schmeckt auch gut. Andere sind gerade noch eßbar. Nicht so Großmütterchen Nandu, die hat noch nie jemand gegessen, das ist unmöglich. Schon gar nicht die Gevatterin Saracura, die leise mit dem Schnabel und mit dem Bürzel laut singt. Wer sie ißt, wird augenblicklich verstimmt.

Fisch ist köstlich. Auf dem Bratrost ist der Pacu am besten, Tucunaré. Piranha. Cachorra. Tambaqui. Piraquê wird nicht gegessen. Warum nicht? Von allen im Wasser lebenden Tieren, die keine Fische sind, schmecken nur Jacaré und Schlange. Fischotter und Bisamratte sind ganz widerlich.

Die Frauen haben mit der Vorbereitung des Festes am meisten zu tun. Erstens mahlen sie Mehl, mahlen sie Mehl, mahlen sie Mehl. Dann machen sie Cauim, machen sie Caxiri, machen sie Paricá. Schließlich zerstoßen sie Auasca-Rinde, zerstoßen sie Caapi-Rinde. Zerstoßen sie Rinde, pressen sie Saft aus, Tag und Nacht. Lachend. Weinend.

Dem Caapirausch gehen das ruhige Festmahl mit gebratenem Fleisch und das Saufgelage mit vergorenem Caju und Caxiri voraus. Weiter geht es mit einem zügellosen Paricátrip.

Vor Beginn der Caapiorgie machten sich die Nonnen aus

dem Staub. Orelhão wußte wohin. Er selber hatte das Versteck ausgesucht.

»Diese Brettwurzelhöhle ist wirklich das beste«, sagte er. »Falls die Sache daneben geht, komme ich auch.«

Kaum hat das wilde Caapifest wirklich begonnen, da rennt Caliban auch schon nach den ersten Schlucken völlig betört los, um Tivi zu suchen.

»Tivi, Tivi, komm, gebier mir Poró, komm, gebier mir Poró. Tivi, Gottesteufelin, komm her, komm!«

Orelhão lieferte die Nonne aus: Er packte den Tuxaua bei der Hand und führte ihn direkt zu der Höhle. Sie kamen mit dem ganzen schreienden Stamm auf den Fersen dort an. Die Hälfte war schon in Tiere verwandelt. Der Schwarze sprang mit affenartiger Behendigkeit hinein, um Tivi zu ergreifen.

Die Ärmste – da gab es gar nichts! Sie mußte wirklich herauskommen. Raus – was blieb ihr anderes übrig! Sie mußte diesen Caapibrei wirklich hinunterschlucken, den ihr Caliban in den Mund stopfte. Tivi rennt schreiend zum Dorf:

»Gott, rette mich! Gott, nimm mich zu Dir!«

Im Dorf angelangt, verfällt Tivi berauscht in einen traurigen Singsang:

Mein Vater, der ist Schnitter...
Schneid mich nicht... Schneid mich nicht...

Dabei holte sie ihre rechte Brust hervor und drückte sie, um Caliban Milch ins Gesicht zu spritzen.

Plötzlich ist sie wie erleuchtet, erkennt sich und nimmt sich an. Sie reiht sich in den wahnwitzigen Tanz ein und geht darin unter, sich die Kleider vom Leibe reißend. Sie ist schon nackt, splitternackt, klammert sich aber noch an den Rosenkranz, den sie sich um den Hals geschlungen hat, und ruft:

»Sururucatu, sururucatu!« und hatte noch immer nicht geschaukelt.

Caliban, der sich inzwischen in einen furchterregenden, grünlich schwarzen Jacaré verwandelt hat, stellt sich auf die Hinterbeine und tanzt fröhlich um Tivi herum. Erst da sieht sich das selbstvergessene Nönnlein als das, was es ist: Von der Taille aufwärts ist sie ein Puma mit zwei Pfoten, silbrig schimmerndem Fell, grün glitzernden Augen, schwarzen Flecken und besitzt jene geschmeidig verführerische Art, die alle Tiere, alle Menschen verzaubert und lähmt, verzaubert und tötet. Von der Taille abwärts ist dieser Puma eine schuppige, schlängelnde Cobra Boiúna.

Kaum haben die Wildkatze und der Jacaré einander erblickt, da umschlingen sie sich in einer wilden Umarmung.

Uxa, die ganz von ihren Kleidern umhüllt und sehr einsam hinterhergelaufen ist, um Tivi nicht allein zu lassen, setzt sich in die Mitte des Hofes und weint entsetzt über die so fürchterlich verwandelte Tivi. Sie beißt die Zähne zusammen, bis es schmerzt, um nicht einen einzigen Tropfen des teuflischen Caapi zu schlucken, das ihr niemand gibt. Sie kneift die Augen zusammen, bis es schmerzt, um nicht zusehen zu müssen, wie diese indianischen Viecher das Mädchen Tivi im schmerzlichen Martyrium opfern. Sie deklamiert:

»Rette uns, Herr, vor dem Schicksal des Moab, des Baal der Blitze.«

»Rette uns, Herr, vor den Versuchungen Cosbys, der Tochter Madiáns[1].«

Orelhão hockt neben Uxa im Hof und beobachtet das berauschte Galibi-Volk. Er lacht Tivi und Caliban zu, die

1 *Madian/Midianiter:* Im Alten Testament mit den Moabitern in Verbindung gebracht, wo sie als Verführer Israels zum Kult des Baal bekämpft werden.

sich erschöpft umeinander winden und sich wieder voneinander lösen. Als er am wenigsten darauf gefaßt ist, stürzt sich der Häuptling unvermittelt auf ihn und zwingt ihn, den hervorgewürgten Teufelsbrei zu schlukken.

»Verflucht, diese Mondkotze ist ja grauenhaft!« schreit er torkelnd.

Der Brei gleitet wie ein dicker Frosch seinen Schlund hinunter. Schlägt im Magen hart auf und verteilt sich dort wie ein vielarmiger Polyp. Orelhão fühlt, wie die Tentakel in seinen Körper eindringen, sich auf und ab bewegen, in Arme, Hände, Finger kriechen. Gleichzeitig schlängeln sie sich die Beine hinunter, bis sie sich weit unten an den engen Fesseln stoßen, die unmittelbar zum Leben erwachen.

Schwindlig, verwirrt, erhebt er sich unter dem weiteren Stoß, der seinen Hals hinauffährt, den Kopf erreicht und dort wie ein explodierender Stern zerbirst. Es ist der weiße Blitz, jener, der blau ist in seinem blendenden Weiß, der gleich darauf verlöscht und zu pechschwarzer Dunkelheit wird. Dann glüht er urucumrot auf und läßt, inzwischen blutrot geworden, die ganze Welt feurig auflodern.

Orelhão fällt, von einem Krampf gepackt, aufs Gesicht, und das Licht verwandelt sich plötzlich überall um ihn herum in grelle Sonnen, die brüllen und heulen und dann völlig verstummen. Langsam, ganz allmählich, fallen tönende Lichttropfen in das schwarze Schweigen: Lam... Plim... Dom... Fal... Re... Si... Min...

Plötzlich ist alles still, und Orelhão wacht wieder hergestellt, wie neu, auf. Völlig verzückt sieht er mit tausend Augen das Licht, das aus seinen Augen strahlt. Hört mit tausend Ohren jeden einzelnen der unendlich vielen Töne, die er verströmt.

Und da kniet er sich mit brennenden Augen hin, räuspert sich und spuckt eine düstere Eidechse auf den Boden. Sie wendet sich ihm zu, wächst plötzlich, wird zu einem riesigen, schaurigen, doppelköpfigen Gürteltier. Aus den grausig aufgerissenen, zahnstrotzenden Mäulern züngeln zwei Zungen, eine eisige dreigespaltene Schlangenzunge; eine scharlachrote, feuerspeiende Drachenzunge. Orelhão ergreift kopflos, schreiend die Flucht, den Drachen der breiten Straße hinter sich.

»Warte doch, mein Lieber. Warte doch, mein Lieber.«

Im Zurückschauen sieht er dann, daß der Drache der sanfte Axĩ ist. Orelhão wird fuchsteufelswild, und der verfluchte Axĩ explodiert, verwandelt sich in ein brennendes Maschinengewehr, das aus dem Lauf brüllt:

»Rechts um, kehrt!«

Er schießt samtiges Wasser, das sofort als kochendes Wasser vom Himmel fällt. Orelhão weint und fleht, windet sich unter der Pein der Feuertropfen, die auf seiner Haut blutende, dampfende Wunden aufreißen.

Er rettet sich, indem er zu einem herrlich eingehörnten Flügelpferd wird, das ausschlägt und mit gespreizten Flügeln auf seinen zwei mit glänzenden Hufeisen beschlagenen Beinen tanzt; die lange Nylonmähne weht; das Maul mit den goldenen Zähnen glitzert. Wiehernd lacht er:

»Ich bin das Tier der Apokalypse!«

Neben ihm wird Tivi, die Tigerin, die auf dem Tuxaua hockt und ihren Schlangenschwanz um ihn geschlungen hat, in diesem Augenblick ganz liebevoll. Ihr riesiger Pumakopf neigt sich zärtlich, sie preßt den halbgeöffneten, feinen, schwarzlippigen Mund auf die grünen Schuppen seines Kopfes und leckt ihn. Die großen Pranken des Tuxaua-Jacaré klammern sich an ihrem Schwanz fest, und so ineinander verknäult, rollen sie lustvoll knurrend, bis sie entkräftet voneinander lassen und keuchend auf dem Boden liegen.

Dann beginnen Tivis und Calibans Metamorphosen; sie sehen einander an und erkennen sich gegenseitig. Er und sie nehmen die Gestalt aller in ihnen enthaltenen Wesen an und verlieren sie wieder.

Er wurde zuerst zum jungen Ameisenbär mit geflecktem Fell, krümmte schmerzhaft seinen Rüssel und steckte dann die Schnauze vor, um Tivi mit feuchten Küssen zu bedecken.

Sie öffnete als goldene Hirschkuh auf drei Beinen erhoben die tiefschwarzen Flügel, drehte sich, ihr Geschlecht darbietend, um die eigene Achse, gebar piepsende, singende Pelikane in allen Farben, die sich die Brust blutig schlugen, litten und weinten.

Darauf wurde Caliban zu einem bärtigen, dreiköpfigen Riesenaffen, dessen Schwanz sich um Tivis Hals ringelte; er kratzte sich den Hintern mit einer Hand und bot ihr mit der anderen seinen nagelförmigen Schwengel an.

Jetzt ist Tivi ein Beuteltier mit gesträubten weißen Streifen auf dem Rücken, das dem Tuxaua stinkigen Rauch ins Gesicht furzt, der seinerseits schon ein rosa Faultier mit gelben Glubschaugen ist, das zärtlich seine Krallen einzieht, um Tivi mit gefiederten Pfoten zu streicheln.

Die beiden sehen sich verwundert und bezaubert an, als sie sich ganz plötzlich in zwei riesige Wabenkröten verwandeln, eine jede mit ihrem glitzerndem Umhang aus flüssigen, ständig ihre Farbe verändernden Perlen. Beide öffnen gleichzeitig das Maul und strecken ihre wunderschönen, nassen, tropfenden, roten Zungen heraus, die sie sich gegenseitig in den Mund legen und die dort zitternd bleiben. Jetzt ist Tivi Caliban, und sie ist sie selber. Caliban ist Tivi, und er ist er selber. Die beiden sind durch das lebendige, zitternde Band verbunden, vertäut.

Das Rad des Festes wirbelt herum, jetzt unter der Macht des Hohepriesters Caapi. Der ganze Stamm ist zu heiligen, sprechenden, liebenden, kratzenden Tieren geworden. Einige sind ineinander verschlungen, reiben ihr Fell an der Haut, das Gefieder am Leder, das Haar und die Haut und das Gefieder an den Schuppen und Borsten und umgekehrt. Wer ist wer? Wer ist niemand?

Der Jacaré liebt den Puma, der die Anaconda liebt, die den Hirsch liebt, der den Reiher liebt, der das Gürteltier liebt, das den Pacu liebt, der den Piracuru liebt, der den Uhu liebt, der sich selber liebt.

Die zur silbrigen Tigerin mit schwarzen Flecken gewordene Tivi sitzt, maunzend wie eine Katze, auf dem Schoß des Tuxaua-Jacaré: eingeklinkt.

Uxa, deren Augen vor salzigen Tränen brennen, betet singend:

»O Gott des Steins, der Du auf dem Regenbogenthron sitzest.«

»O ihr vierundzwanzig goldköpfigen Greise.«

»O Blitze! O Stimmen! Donnergetöse!«

»O ihr sieben Feuerkandelaber!«

»O ihr viertausend Lebenden, tausendäugig Sehenden!«

»O Löwe. O Stier. O schwängernder Mann. O fliegender Adler.«

»O ihr sechsflügligen, tausendäugigen Heiligen.«

»O allmächtiger Gott.«

»O Gott der Herrlichkeit. O Gott der Ehre. O Gott der Macht.«

»Warum hast Du uns geschaffen, Herr? Warum? Warum?«

»Warum strafst Du uns? Warum? Warum?«

Jurupari steigt wieder auf seinen Altar hinab. Zum Trip, zum Caapirausch kommt er auf die Welt. Vollgedröhnt sitzt er dort im Männerhaus. In Gestalt der lebenden Masken der Heiligen Tiere bläst Jurupari gleichzeitig die einundzwanzig geheiligten Flöten. Heiser und schrill sagen die jammernd, singend:

Salve, salve, Glauber[1]. Sei hier willkommen.
Diese Welt gehört dem Mann.
Sie gehört weder Gott noch der Frau.

Plötzlich stehen alle Indianertiere auf und beginnen wild durcheinanderzurennen. Dann laufen sie, unaufhaltsam, um das Männerhaus herum. Der Boden wird unter der Herde der laufenden, im Takt stampfenden Füße zu einer grollenden Trommel. Der Trommelschlag schwillt an, schwillt an, macht schwindlig, macht alle verrückt, bis die Welt aus den Angeln ist.

Da hört man ein ohrenbetäubendes Brüllen. Es ist die Erde, die sich grollend und brüllend um das Dorf herum in einer Furche öffnet. Das Dorf ist jetzt eine schwankende Insel, die vom Boden abhebt und in die Höhe steigt und steigt.

Das Trommeln bricht ab. Die Indios hören mit dem Tanzen auf und rennen zum Rand. Sie hocken sich hin und sehen hingerissen zu, wie der hohe Urwald von oben immer niedriger wird. Der Affenjäger-Sperber öffnet die großen Schwingen und kreischt fröhlich, überwältigt von der Lust, im Käfig zu fliegen. Uxa rollt enttäuscht auf dem Boden. Tivi, die Tigerin, reitet auf dem Rücken des Tuxaua-Jacaré und tiriliert. Sie ist zum Vögelchen geworden, flattert.

Die Insel steigt immer höher, höher, damit alle von oben sehen, wie die Welt ist. Oder nicht ist? Alle gucken mit

1 *Glauber:* Glauber Rocha, avantgardistischer Filmemacher in Brasilien.

großen Augen. Dort fließen durchsichtige Flüsse zum Horizont, wo alles Wasser aufsteigend den blauen, gestirnten Himmel bildet. Auf der fliegenden Insel, fliegend, schwebend, sehen sie verblüfft bauschige Wattewolken und schwarze Wolken voller Donnerfeuer: Tupã, Tupã. Aufsteigend, höher steigend, zeigt die Insel auf der einen Seite das Haupt der Welt auf den hochgetürmten Hügeln, auf der anderen Seite die Füße der Welt, riesig, riesengroß.

Schwankend erhebt sich Caliban, er wird das Flugkommando übernehmen.

»Ich will alle Welten sehen, Leute. Alle Welten.«

Die Insel gehorcht. Sie dreht sich, macht eine Kehrtwendung, verliert an Höhe, steigt hinab, um zu zeigen, was er sehen will. Er findet sofort, im Glanz des Eldorado, die Welt der Halbbrüstigen. Sie sehen eine Zeitlang von oben auf die Dörfer dort unten, mit ihren Badebächen und den Ibirapema-Höhlen.

Sie fliegen noch niedriger über ein Dorf, sehen die Frauen dort unten herumrennen, erschreckt von dieser fliegenden Insel, die voller Leute ist, die in den Zweigen hängen. Verzweifelt fragen sie sich:

»Was für Indioaffen kommen da über uns?« Voller Schrecken greifen sie zu den Blasrohren und beginnen, Pfeile auf die Gaffer zu spucken. Die Pfeile steigen auf, fliegen, kehren im Himmel um und an den Ausgangspunkt zurück. Eine ganze Reihe durchbohrt im Fallen einige braune Mädchen, die sofort tot sind.

»Meine armen Töchterchen! Vorsicht, ihr Weiber! Vorsicht!« schreit Pitum, der in Axĩs Armen verzweifelt weint. Caliban und all die anderen Männer kümmern sich nicht darum. Sie haben nur Augen für die vielen Frauen mit nur einer Brust und so üppigen Reizen.

»Sururucatu, sururucatu!« rufen sie.

Orelhãos Geschrei ist nicht zu ertragen.

»Meine Töchter. Meine armen Töchter! Und meine Söhne? Wo sind sie, ihr Hündinnen? Wo? Was habt ihr mit ihnen gemacht? Kannibalinnen!« Der Schwarze weint so sehr, daß alle zur Unterstützung mitweinen. Eine fürchterliche, niederschmetternde Traurigkeit überfällt alle.

»Auf zu den lustigen Welten!« schreit Caliban, gibt der Insel einen Stoß, die geradewegs zu den brasilianischen Truppen fliegt, die sich im Guayanischen Krieg aufreiben.

Der brasilianische Radar entdeckt augenblicklich: feindlicher Luftangriff! Der Sargent sagt zum Hauptmann! Der Hauptmann sagt zum General! Der General zum Admiral! Der Admiral zum Brigadier:

»Oha! Oha! Oha!«

Schnell beginnt die Schlacht. Die Artillerie fährt auf und geht mit Infanterie- und Marinegeschützen in Stellung. Die Luftwaffe startet ihre Mirages und greift an. Die Flugzeuge werfen Napalmbomben ab, die an der fliegenden Insel vorbeisausen, auf dem Boden explodieren, Brände entfachen und unter den auf drei Monate verpflichteten Rekruten zu großen Verlusten führen. Die Artillerie bringt ihre Geschütze in Gefechtsstellung und zielt. Die riesigen Kugeln streifen die Insel an der Außenseite oder durchlöchern sie und explodieren dann unten auf den Hurensöhnen.

Caliban wittert Gefahr und übernimmt den Verteidigungsbefehl. Er plaziert seine Leute hockend unter den Bäumen ganz am Rand und befiehlt:

»Schei-ßen. La-den. Schei-ßen, Schießen!« Jeder Gefolgsmann scheißt in die Hand und wirft ab: pum-pum-pum. Die Schüsse erreichen ihr Ziel: schpumm-schpumm-schpumm.

Nachdem der Krieg gewonnen ist, nimmt die Insel Kurs

auf das Brasilien der Nonnen. Caliban will unbedingt die zwölf Arzneien haben. Da kommt er geflogen. Da kommt er schon. Da kommt er.

Rio, den 26. Oktober 1981. Am Tage davor.

Amapá (Tupi: ama'pá): Baum, aus dessen Rinde eine Asthma- und Bronchialmedizin hergestellt wird. Äußerlich angewandt, wirkt das Harz des Baumes wundheilend.
Aristolino: Name einer sehr alten Flüssigseife.
Auasca: auch Ayahuaska, Rauschmittel, dessen Wirkstoff Harmin ähnlich wie Meskalin und LSD wirkt; siehe auch Caapi.
Bacuri: Baum, dessen Holz in der Bauwirtschaft und im Schiffbau verwendet wird. Seine wohlschmeckenden, fleischigen Früchte sind tannin- und glukosehaltig.
BNH: Banco Nacional da Habitação (Nationale Wohnungsbank).
Bumba-meu-Boi: Dramatisch-komischer Volkstanz, der in einem aus Menschen, Tieren und Fabelwesen bestehenden Zug den Tod und die Auferstehung des Ochsen (boi) darstellt.
Butantan: Name des in einem Vorort von São Paulo gelegenen, 1900 gegründeten Serotherapeutischen Instituts, in dem Seren gegen Bisse von Giftschlangen und Vogelspinnen hergestellt werden.
Caapi (Tupi: Kaá'pi): Banisteropsis caapi. Aus den Blättern des Caapi-Baumes hergestelltes Rauschgift.
Caboclo (Tupi: kari'boca – der von den Weißen abstammt): Mischling aus Weißen und Indios.
Cachaça: Zuckerrohrschnaps; siehe auch *Caxiri*.
Cachorra: Hundsfisch.
Cafuzo: Mischling aus Weißen und Indios.
Caititu (Tupi: Kaiti'tu): Zur Familie der Schweine gehörendes Halsbandpecari.
Capivara (Tupi: kapi'wara – Grasfresser): Wasser-

schwein, bis zu 50 kg schweres, am Wasser lebendes Nagetier mit scharfen Krallen.

Carajá (Tupi: Kara'ya): Schwarzer Brüllaffe.

Carioca (Tupi: Kari'oka – Haus der Weißen): Bezeichnung für die Bewohner Rio de Janeiros.

Catopé: Ursprünglich religiöser Tanz anläßlich von Prozessionen, bei dem der König und sein Gefolge auftreten. Der Tanz wurde vom Samba übernommen.

Cauím (Tupi: Ka'wi – gegorenes Getränk): Aus gekochtem, fermentiertem Maniok hergestelltes Getränk. Ursprünglich von den Eingeborenen aus gekautem Caju, anderen Früchten, Mais oder Maniok hergestellt.

Caxiri: Zuckerrohrschnaps.

Cobra Boiúna: Anaconda. Auch mythologische Figur der Indios, die wegen ihrer Bösartigkeit gefürchtet wird: Sie bringt in Gestalt einer Schlange Schiffe zum Kentern oder zieht als Schiff die darauf befindlichen Menschen in die Tiefe. Siehe auch *Sucuri.*

Churrasco: Auf dem offenen Feuer gegrillte Fleischstücke.

Cuia (Tupi: ku'ya): Schale der Cuia-Frucht, die als Behälter für Speisen usw. benutzt wird.

Ema: Nandu.

Farofa: Mit Butter oder anderem Fett gebratenes Mehl, das mit Fleisch, Eiern usw. vermischt werden kann.

FUNAI: Fundação Nacional do Indio, Behörde, die den Schutz der Indios zur Aufgabe hat.

Gaúcho: Name für die Bewohner Südbrasiliens.

Guará (Tupi: gwa'rá): Nachttier aus der Familie der Hunde.

Icamiabas: Indianischer Name für die Amazonen.

Iemanjá: Weibliche Gottheit der Joruba-Religion; Personifizierung des Meeres (siehe auch *Janaína*).

IPNS: Instituto Nacional da Previdência Social – Nationale Versicherungsanstalt.
Jacaré (Tupi: yaka'ré): Kaiman, Alligator, bis zu 2,40 m Länge.
Jacu (Tupi: Ya'ku): Hühnerähnlicher Vogel, im brasilianischen Urwald weitverbreitet.
Jacuba: Erfrischungsgetränk aus Maniokmehl und Wasser, das manchmal mit Zuckerrohrschnaps versetzt wird.
Janaína: Iemanjá.
Jenipapo (Tupi: ñand'pab – dunkler Fleck, den die Mestizen in der Lendengegend haben): Der Saft der Jenipapofrucht wird von gewissen Eingeborenen benutzt, um die Haut dunkel zu färben. Im Norden und Nordosten Brasiliens wird aus Jenipapo ein beliebter Likör hergestellt.
Jumaxím: Geflochtener Behälter, der auf dem Rücken getragen wird.
Mãe de Santo (Heiligenmutter): Priesterin des synkretistischen Candomblé- oder Macumbakultes.
Mamaés: Geister.
Mangarito: Mehlhaltige Knollen der Xanterosoma sagittifolium.
M.N.Q.B.V: Museu Nacional da Quinta da Boa Vista.
Maracá: Eine Art Rassel, die die Indianer bei ihren Zeremonien und Tänzen benutzen, typisches Samba-Instrument.
Micura Gambá (Tupi: gã'ba): Beuteltier; im Volksmund auch Stinktier.
Muiraquitã (Tupi: muiraki'tá): Aus grünem Nephrit geschnitzte Gegenstände, häufig Frösche, Schildkröten oder Schlangen, die am unteren Amazonas gefunden und wahrscheinlich als Amulett benutzt wurden.
Mutum (Tupi: Mi'tu): Hühnerähnlicher Vogel.
Onça Pixuna (Tupi: pi'xuna – schwarzes Fell): Schwarzer Jaguar.

Onça Sussuarana (Tupi: susua'rana – in der Farbe des Hirsches): Roter Jaguar.
Oxumaré: Gott des Regenbogens: Mächtige Gottheit der afro-brasilianischen, auf die Yorubas zurückgehenden Mischreligion.
Paçoca: Brasilianisches Gericht, bei dem gekochtes, gehacktes Fleisch mit Maniok- oder Maismehl bestäubt in heißem Fett ausgebraten wird. Der Name stammt auch aus der Tupi-Sprache.
Pacu: Knochenfisch.
Paricá (Tupi: pari'ká) auch Cohoba: Eine Art Schnupftabak, der aus der Rinde des Paricá-Baumes gemacht wird.
Paxiúba (Tupi: pati'ïwa): 10 bis 15 m hohe Palme des Amazonasgebietes.
Pindorama (Tupi: pĩdob (Palme) + orama): Land der Palmen.
Piracuru (Tupi: piraru'ku – roter Fisch): Der größte Fisch Brasiliens, der bis zu 2,5 m lang und bis zu 80 kg schwer wird. Er besitzt vorzügliches Fleisch und wird auch gezüchtet.
Pirão: Gebrühtes Maniokmehl, aber auch hübsche, junge Frau.
Pitum (Tupi: Piït'ium – Fischgeruch) – Pitium: Der spezifische Körpergeruch von Schwarzen.
Poraquê (Tupi: pora'kâ – der schläfrig macht): Zitteraal, verteidigt sich mit elektrischen Stromstößen.
Nordestino: Bewohner des Nordosten Brasiliens.
Queixada: Pecari mit weißen Lippen.
Sacupema: Schlingpflanze des Amazonasgebiets.
Saé (Tupi): Schwager.
Sapoti (mexikanisch Nahuatl: Tzapotl): Breiapfel. Der Name spielt auf die Konsistenz der Frucht an, die sofort nach dem Pflücken gegessen werden muß, da sie schnell

weich wird und deshalb meist als Kompott zubereitet wird.

Saracura (Tupi: sara'kura): begehrter Angelfisch.

Sertanejo: Bewohner des Sertão.

SNI: Secreteria Nacional de Informação: brasilianischer Verfassungsschutz.

Sororoca (soroca) (Tupi: so'roka – zerreißen): Baum aus der Familie der Moraceae.

Sucuri (Tupi: suku'ri): Synonym für Anaconda (siehe auch Cobra Boiúna), bis zu 10 m Länge, ernährt sich von Fischen, Vögeln und Säugetieren.

Tamandua (Tupi: Tamãdu'a): Kleiner Ameisenbär, Tamandua.

Tambaqui (Tupi: tãba'ki): Häufig vorkommender, schmackhafter Fisch des Amazonas aus der Familie der Salmler.

Tapareba: Mango-artige, säuerliche Frucht; auch Cajá-Manga genannt, wird auch bei der Herstellung von Speiseeis verwendet.

Tatu (Tupi: ta'tu): Gürteltier.

Tupã: Tupi-Wort für Donner, das von den jesuitischen Missionaren als Bezeichnung für Gott benutzt wurde.

Tuxaua: Häuptling, Anführer im Krieg.

TV-Globo: wichtigster privater Fernsehsender in Brasilien.

Urucum – oder Urucu – (Tupi: uru'ku – rot): Ein Strauch, dessen Samenhüllen einen roten Farbstoff enthalten, der in der Küche wie Safran eingesetzt wird und von den Indios auch zur Bemalung ihres Körpers verwendet wird.

Uti: Wohlschmeckende Frucht aus dem Amazonasgebiet.

Abbildungsnachweis

Amerigo Vespucci, 1505 (Ufer und Welten).
Hans Staden, 1557 (Icamiabas, Liebesschaukelei, Jurupari, Eldorado, Ibirapema, Der Guayanische Krieg).
André Thevet, 1557 (Cunhãmbebe).
Jean de Léry, 1580 (Caliban, Tuxaua, Poronominare).
Claude D'Abbeuille, 1614 (Die Nonnen).
Johann Ludwig Gottfriedt, 1631 (Das Sanfte Ufer, Brasilien und Brasilien, Orelhão, Auf dem Trip).
Jorge Macgrave, 1648 (Schriftkundige Wilde).
Alexandre Rodrigues Ferreira (Glückliches Alter).
Emiliano Di Cavalcanti, 1928 (Deckblatt).
Victo Vasarely (UNESCO) 1970, (Prospero).
André Marcel D'Ans, 1975 (Caapi).

edition suhrkamp. Neue Folge

198 Franz Böni, Der Johanniterlauf
199 Ngũgĩ wa Thiong'o, Der gekreuzigte Teufel
200 Walter Benjamin, Das Passagen-Werk. Hg. v. Rolf Tiedemann. Zwei Bände
201 Jugend und Kriminalität. Hg. v. Horst Schüler-Springorum
202 Friederike Mayröcker, Magische Blätter
203 Manfred Frank, Was ist Neostrukturalismus?
204 Chie Nakane, Die Struktur der japanischen Gesellschaft
205 Marguerite Duras, Sommer 1980
206 Roland Barthes, Michelet
207 Julius Posener, Geschichte der Architektur im 20. Jahrhundert
208 Grace Paley, Veränderungen in letzter Minute
209 Kindheit in Europa. Hg. v. Heinz Hengst
210 Stanley J. Stein/Barbara H. Stein, Das koloniale Erbe Lateinamerikas
211 Naturplan und Verfallskritik. Zu Begriff und Geschichte der Kultur. Hg. v. Helmut Brackert u. Fritz Wefelmeyer
212 Arbeitslosigkeit in der Arbeitsgesellschaft. Hg. v. Wolfgang Bonß u. Rolf G. Heinze
213 Tzvetan Todorov, Die Eroberung Amerikas
214 Ziviler Ungehorsam im Rechtsstaat. Hg. v. Peter Glotz
215 Peter Weiss, Der neue Prozeß
216 Ein Jahrhundert geht zu Ende. Hg. v. Karl Dedecius
217 Luise F. Pusch, Das Deutsche als Männersprache
218 Alfred Sohn-Rethel, Soziologische Theorie der Erkenntnis
219 Randzonen. Interviews – Kurzgeschichten. Hg. von Judith Ammann
220 Claude Lévi-Strauss / Jean-Pierre Vernant u. a., Mythos ohne Illusion
221 Christiaan L. Hart Nibbrig, Der Aufstand der Sinne im Käfig des Textes
222 V-Leute – Die Falle im Rechtsstaat. Hg. v. Klaus Lüderssen
223 Tilman Moser, Eine fast normale Familie
224 Juan Goytisolo, Dissidenten
225 Alice Schwarzer, Lohn: Liebe. Zum Wert der Frauenarbeit
226 Paul Veyne, Glaubten die Griechen an ihre Mythen?
227 Thank you good night. Hg. v. Bodo Morshäuser

228 »Hauptsache, ich habe meine Arbeit«. Hg. v. Rainer Zoll
229 »Mit uns zieht die neue Zeit«. Hg. v. Thomas Koebner
230 Gregorio Condori Mamani, »Sie wollen nur, daß man ihnen dient ...«
231 Paul Feyerabend, Wissenschaft als Kunst
232 Meret Oppenheim, Husch, husch der schönste Vokal entleert sich. Hg. v. Christiane Meyer-Thoss
233 Politik der Armut. Hg. von Stephan Leibfried u. Florian Tennstedt
234 Die Ökologie des Körpers. Hg. v. R. Erben, P. Franzkowiak, E. Wenzel
235 Die wilde Seele. Hg. von Hans Peter Duerr
236 Ignácio de Loyola Brandão, Kein Land wie dieses
237 Gerold Foidl, Scheinbare Nähe
238 Kriegsursachen. Red. Reiner Steinweg
239 Reform und Resignation. Gespräche über Franz L. Neumann. Hg. v. Rainer Erd
240 Tim Guldimann, Moral und Herrschaft in der Sowjetunion
241 Werner Abelshauser, Wirtschaftsgeschichte der Bundesrepublik Deutschland 1945–1980
242 Dirk Blasius, Geschichte der politischen Kriminalität in Deutschland 1800–1980
243 Kurt Kluxen, Geschichte und Problematik des Parlamentarismus
244 Peter Marschalck, Bevölkerungsgeschichte Deutschlands im 19. und 20. Jahrhundert
245 Wolfgang Wippermann, Europäischer Faschismus im Vergleich 1922–1982
246 Michael Geyer, Deutsche Rüstungspolitik 1860–1980
247 Volker Hentschel, Geschichte der deutschen Sozialpolitik 1880–1980
248 Detlef Lehnert, Sozialdemokratie zwischen Protestbewegung und Regierungspartei 1848–1983
249 Jürgen Reulecke, Geschichte der Urbanisierung in Deutschland
250 Peter Alter, Nationalismus
251 Margret Kraul, Das deutsche Gymnasium 1780–1980
252 Manfred Botzenhart, Reform, Restauration, Krise. Deutschland 1789–1848
253 Jens Flemming, Deutscher Konservatismus 1780–1980
254 Hans-Ulrich Wehler, Grundzüge der amerikanischen Außenpolitik 1750–1900

255 Heide Wunder, Bäuerliche Gesellschaft in Deutschland 1524–1789
256 Albert Wirz, Sklaverei und kapitalistisches Weltsystem
257 Helmut Berding, Antisemitismus in Deutschland 1870–1980
258 Konrad H. Jarausch, Deutsche Studenten 1800–1970
259 Josef Mooser, Arbeiterleben in Deutschland 1900–1970
260 Dietrich Staritz, Geschichte der DDR 1949–1984
261 Gilbert Ziebura, Weltwirtschaft und Weltpolitik 1922/24–1931
262 Ulrich Kluge, Die Deutsche Revolution 1918/1919
263 Horst Dippel, Die Amerikanische Revolution 1763–1787
264 Karl-Egon Lönne, Politischer Katholizismus
265 Volker R. Berghahn, Unternehmer und Politik in der Bundesrepublik
266 Wolfram Siemann, Die Revolution 1848/49 in Deutschland
267 Dietrich Thränhardt, Geschichte der Bundesrepublik 1949–1984
268 Peter Christian Witt, Die deutsche Inflation 1914–1924
269 Horst Möller, Deutsche Aufklärung 1740–1815
270 Gotthard Jasper, Von der Auflösung der Weimarer Republik zum NS-Regime
271 Klaus J. Bade, Europäischer Imperialismus im Vergleich
272 Dieter Grimm, Deutsche Verfassungsgeschichte 1803–1980
273 Hanna Schissler, Geschichte des preußischen Junkertums
274 Jürgen von Kruedener, Deutsche Finanzpolitik 1871–1980
275 Rüdiger vom Bruch, Deutsche Universitäten 1734–1980
276 Reinhard Sieder, Geschichte der Familie
277 Heinz-Günther Reif, Sozialgeschichte des deutschen Adels
278 Michael Mitterauer, Sozialgeschichte der Jugend
279 Hans-Christoph Schröder, Die Englische Revolution 1640–1688
280 Ernst Hinrichs, Die Französische Revolution 1789
281 Bernd Wunder, Geschichte der deutschen Bürokratie
282 Wolfgang Hardtwig, Vereinswesen in Deutschland 1780–1980
283 Hans-Peter Ullmann, Wirtschaftliche und politische Interessenverbände in Deutschland 1870–1980
284 Ute Frevert, Geschichte der deutschen Frauenbewegung
285 Hartmut Kaelble, Europäische Sozialgeschichte 1880–1980
286 Dieter Langewiesche, Deutscher Liberalismus
287 Klaus Schönhoven, Deutsche Gewerkschaften 1860–1980
288 Martin Greschat, Politischer Protestantismus

290 Octavio Paz, Zwiesprache
291 Franz Xaver Kroetz, Furcht und Hoffnung der BRD
292 Wolfgang Hildesheimer, The Jewishness of Mr. Bloom/ Das Jüdische an Mr. Bloom. Engl./Dt.
293 György Konrád, Antipolitik
294 Alexander Kluge, Neue Geschichten
295 Reto Hänny, Ruch
296 Atomkriegsfolgen. Der Bericht des »Office of Technology Assessment«
297 Peter Sloterdijks »Kritik der zynischen Vernunft«
298 Die Selbstbehauptung Europas. Hg. von Willy Brandt
299 Konrad Wünsche, Der Volksschullehrer Ludwig Wittgenstein
300 edition suhrkamp. Ein Lesebuch

edition suhrkamp. Neue Folge

Abelshauser, Wirtschaftsgeschichte der Bundesrepublik Deutschland 1945–1980 241
Abish, Quer durch das große Nichts 163
Achebe, Ein Mann des Volkes 84
Achebe, Okonkwo oder das Alte stürzt 138
Afonin, Im Moor 96
Alter, Nationalismus 250
Alves, Neigung zum Fluß 83
Alves, Maanja 159
Ammann (Hg.), Randzonen 219
Antes, Poggibonsi 1979–1980 35
Arlati, Auf der Reise nach Rom 53
Aron/Kempf, Der sittliche Verfall 116
Backhaus, Marx und die marxistische Orthodoxie 43
Bade, Europäischer Imperialismus im Vergleich 271
Badura (Hg.), Soziale Unterstützung und chronische Krankheit 63
Barthes, Leçon/Lektion 30
Barthes, Das Reich der Zeichen 77
Barthes, Die Rauheit der Stimme 126
Barthes, Elemente der Semiologie 171
Barthes, Michelet 206
Bayrle, Rasterfahndung 69
Becher, Der rauschende Garten 187
Beckett, Flötentöne 98
Beckett, Mal vu mal dit/Schlecht gesehen schlecht gesagt 119
Benjamin, Moskauer Tagebuch 20
Benjamin, Das Passagen-Werk 200
Berding, Antisemitismus in Deutschland 1870–1980 257
Berghahn, Unternehmer und Politik in der Bundesrepublik 265
Bernhard, Die Billigesser 6
Beti, Remember Ruben 145
Biesheuvel, Der Schrei aus dem Souterrain 179
Blanchard/Koselleck/Streit, Taktische Kernwaffen 195
Blankenburg (Hg.), Politik der inneren Sicherheit 16
Blasius, Geschichte der politischen Kriminalität in Deutschland 1800–1980 242
Bloch, Abschied von der Utopie? 46
Bloch, Kampf – nicht Krieg 167
Blok, Die Mafia in einem sizilianischen Dorf 1860–1960 82
Böhmler, Drehbuch 91
Böni, Hospiz 4
Böni, Alvier 146
Böni, Der Johanniterlauf 198
Bohrer, Plötzlichkeit. Zum Augenblick des ästhetischen Scheins 58
Bohrer (Hg.), Mythos und Moderne 144

Bonß/Heinze (Hg.), Arbeitslosigkeit in der Arbeitsgesellschaft 212
Bornhorn, America oder Der Frühling der Dinge 25
Bornhorn, Der Film der Wirklichkeit 154
Botzenhart, Reform, Restauration, Krise 252
Brackert/Wefelmeyer (Hg.), Naturplan und Verfallskritik 211
Brandt (Hg.), Die Selbstbehauptung Europas 298
Brasch, Engel aus Eisen 49
Braun, Berichte von Hinze und Kunze 169
Brodsky, Der Tatbestand und seine Hülle 114
v. Bruch, Deutsche Universitäten 1734–1980 275
Bürger (Hg.), Zum Funktionswandel der Literatur 157
Bürger/Bürger/Schulte-Sasse (Hg.), Aufklärung und literarische Öffentlichkeit 40
Bürger/Bürger/Schulte-Sasse (Hg.), Zur Dichotomisierung von hoher und niederer Literatur 89
Bulla, Weitergehen 2
Buro/Grobe, Vietnam! Vietnam? 197
Buselmeier, Der Untergang von Heidelberg 57
Buselmeier, Radfahrt gegen Ende des Winters 148
Calasso, Die geheime Geschichte des Senatspräsidenten Dr. Daniel Paul Schreber 24
Carpentier, Stegreif und Kunstgriffe 33
Casey, Racheträume 70
Chi Ha, Die gelbe Erde und andere Gedichte 59
Condori Mamani, »Sie wollen nur, daß man ihnen dient ...« 230
Cortázar, Reise um den Tag in 80 Welten 45
Cortázar, Letzte Runde 140
Dedecius (Hg.), Ein Jahrhundert geht zu Ende 216
Der religiöse Faktor 147
Dippel, Die Amerikanische Revolution 1763–1787 263
Ditlevsen, Sucht 9
Ditlevsen, Wilhelms Zimmer 76
Ditlevsen, Gesichter 165
Doi, Amae – Freiheit in Geborgenheit 128
Dorst, Mosch 60
Duerr (Hg.), Versuchungen. Aufsätze zur Philosophie Paul Feyerabends. 1. Bd. 44
Duerr (Hg.), Versuchungen. Aufsätze zur Philosophie Paul Feyerabends. 2. Bd. 68
Duerr (Hg.), Die wilde Seele 235
Duras/Porte, Die Orte der Marguerite Duras 80
Duras, Sommer 1980 205
edition suhrkamp. Ein Lesebuch 300
Eisenbeis (Hg.), Ästhetik und Alltag 78
Elias, Der bürgerliche Künstler in der höfischen Gesellschaft 12
Enzensberger, Die Furie des Verschwindens 66
Erben/Franzkowiak/Wenzel (Hg.), Die Ökologie des Körpers 234

Erd (Hg.), Reform und Resignation. Gespräche über Franz L. Neumann 239
Esser, Gewerkschaften in der Krise 131
Esser/Fach/Väth, Krisenregulierung 176
Feyerabend, Erkenntnis für freie Menschen 11
Feyerabend, Wissenschaft als Kunst 231
Flemming, Deutscher Konservatismus 1780–1980 253
Foidl, Scheinbare Nähe 237
Frank, Der kommende Gott 142
Frank, Was ist Neostrukturalismus? 203
Frevert, Geschichte der deutschen Frauenbewegung 284
Furtado, Brasilien nach dem Wirtschaftswunder 186
Geyer, Deutsche Rüstungspolitik 1860–1980 246
Glöckler, Seitensprünge 36
Glotz (Hg.), Ziviler Ungehorsam im Rechtsstaat 214
Glück, Falschwissers Totenreden(t) 61
Goffmann, Geschlecht und Werbung 85
Good (Hg.), Von der Verantwortung des Wissens 122
Goytisolo, Dissidenten 224
Greschat, Politischer Protestantismus 288
Grimm, Deutsche Verfassungsgeschichte 1803–1980 272
Guldimann, Moral und Herrschaft in der Sowjetunion 240
Handke, Phantasien der Wiederholung 168
Hänny, Zürich, Anfang September 79
Hänny, Ruch 295
Hardtwig, Vereinswesen in Deutschland 1780–1980 282
Hart Nibbrig, Der Aufstand der Sinne im Käfig des Textes 221
Hart Nibbrig/Dällenbach (Hg.), Fragment und Totalität 107
Heider, Schülerprotest in der Bundesrepublik Deutschland 158
Heimann, Soziale Theorie des Kapitalismus. Theorie der Sozialpolitik 52
Held/Ebel, Krieg und Frieden 149
Hengst (Hg.), Kindheit in Europa 209
Hennig, Der normale Extremismus 162
Henrich, Fixpunkte der Kunst 125
Hentschel, Geschichte der deutschen Sozialpolitik 1880–1980 247
Heusler (Hg.), Afrikanische Schriftsteller heute 92
Hildesheimer, The Jewishness of Mr. Bloom/Das Jüdische an Mr. Bloom (Engl./Dt.) 292
Hinrichs, Die Französische Revolution 1789 280
Hochstätter, Kalt muß es sein schon lang 95
Hörisch, Gott, Geld und Glück 180

Hohendahl/Herminghouse (Hg.), Literatur der DDR in den siebziger Jahren 174
Jackson, Annäherung an Spanien 1898–1975 108
Jarausch, Deutsche Studenten 1800–1970 258
Jasper, Von der Auflösung der Weimarer Republik zum NS-Regime 270
Jendryschik, Die Ebene 37
Jestel (Hg.), Der Neger vom Dienst. Afrikanische Erzählungen 28
Jestel (Hg.), Das Afrika der Afrikaner. Gesellschaft und Kultur Afrikas 39
Johnson, Begleitumstände. Frankfurter Vorlesungen 19
Joyce, Ulysses 100
Joyce, Penelope. Das letzte Kapitel des »Ulysses« 106
Kaelble, Europäische Sozialgeschichte 1880–1980 285
Kahle (Hg.), Logik des Herzens. Die soziale Dimension der Gefühle 42
Kaltenmark, Lao-tzu und der Taoismus 55
Kamper/Wulf (Hg.), Die Wiederkehr des Körpers 132
Kamper/Wulf (Hg.), Das Schwinden der Sinne 188
Kenner, Ulysses 104
Kickbusch/Riedmüller (Hg.), Die armen Frauen 156
Kirchhoff, Body-Building 5
Klöpsch/Ptak (Hg.), Hoffnung auf Frühling. Moderne chinesische Erzählungen I 10
Kluge, Schlachtbeschreibung 193
Kluge, Neue Geschichten 294
Kluge, Die deutsche Revolution 1918/1919 262
Kluxen, Geschichte und Problematik des Parlamentarismus 243
Knopf (Hg.), Brecht-Journal 191
Koch, Intensivstation 173
Koebner (Hg.), »Mit uns zieht die neue Zeit« 229
Köhler u. a., Kindheit als Fiktion. Fünf Berichte 81
Kolbe, Hineingeboren. Gedichte 1975–1979 110
Kolbe, Abschiede und andere Liebesgedichte 178
Konrád, Antipolitik 293
Koppe, Grundbegriffe der Ästhetik 160
Krall, Schneller als der liebe Gott 23
Kraul, Das deutsche Gymnasium 1780–1980 251
Kris/Kurz, Die Legende vom Künstler 34
Kroetz, Nicht Fisch nicht Fleisch. Verfassungsfeinde. Jumbo-Track. Drei Stücke 94
Kroetz, Frühe Prosa/Frühe Stücke 172
Kroetz, Furcht und Hoffnung der BRD 291
v. Kruedener, Deutsche Finanzpolitik 1871–1980 274
Kubin (Hg.), Hundert Blumen. Moderne chinesische Erzählungen II 10
Laederach, Fahles Ende kleiner Begierden 75

Laederach, In extremis 161
Langewiesche, Deutscher Liberalismus 286
Lao She, Das Teehaus 54
Lautmann, Der Zwang zur Tugend 189
Lee, Russisches Tagebuch 194
Lehnert, Sozialdemokratie zwischen Protestbewegung und Regierungspartei 1848–1983 248
Leibfried/Tennstedt (Hg.), Politik der Armut 233
Leisegang, Lauter letzte Worte 21
Lem, Dialoge 13
Leroi-Gourhan, Die Religionen der Vorgeschichte 73
Leutenegger, Lebewohl, Gute Reise 1
Lévi-Strauss, Mythos und Bedeutung 27
Lévi-Strauss/Vernant u. a., Mythos ohne Illusion 220
Lezama Lima, Die Ausdruckswelten Amerikas 112
Link-Salinger (Hyman) (Hg.), Signatur G. L.: Gustav Landauer im »Sozialist« 113
Lönne, Politischer Katholizismus 264
Löwenthal, Mitmachen wollte ich nie 14
de Loyola Brandao, Kein Land wie dieses 236
Lüderssen (Hg.), V-Leute – Die Falle im Rechtsstaat 222
Luginbühl, Die kleine explosive Küche 103
Lukács, Gelebtes Denken 88
Marechera, Das Haus des Hungers 62
Marschalck, Bevölkerungsgeschichte Deutschlands im 19. und 20. Jahrhundert 244
Martin/Dunsing/Baus (Hg.), Blick übers Meer 129
Marx, Enthüllungen zur Geschichte der Diplomatie im 18. Jahrhundert 47
de Mause, Grundlagen der Psychohistorie 175
Mayer, Versuche über die Oper 50
Mayröcker, Magische Blätter 202
McKeown, Die Bedeutung der Medizin 109
Meier, Die Ohnmacht des allmächtigen Dictators Caesar 38
Menninghaus, Paul Celan. Magie der Form 26
Mercier, Beckett/Beckett 120
Mitterauer, Sozialgeschichte der Jugend 278
Möller, Deutsche Aufklärung 1740–1815 269
Mooser, Arbeiterleben in Deutschland 1900–1970 259
Morshäuser (Hg.), Thank you good night 227
Moser, Eine fast normale Familie 223
Moshajew, Die Abenteuer des Fjodor Kuskin 72
Müller-Schwefe (Hg.), Von nun an. Neue deutsche Erzähler 3
Muschg, Literatur als Therapie? 65

Nakane, Die Struktur der japanischen Gesellschaft 204
Ngugi wa Thiong'o, Verborgene Schicksale 111
Ngugi wa Thiong'o, Der gekreuzigte Teufel 199
Niederland, Folgen der Verfolgung: Das Überlebenden-Syndrom. Seelenmord 15
Office of Technology Assessment, Atomkriegsfolgen 296
Oppenheim, Husch, husch der schönste Vokal entleert sich 232
Paley, Veränderungen in letzter Minute 208
Paz, Suche nach einer Mitte 8
Paz, Der menschenfreundliche Menschenfresser 64
Paz, Zwiesprache 290
Pazarkaya (Hg.), Der große Rausch. Türkische Erzähler der Gegenwart 102
Pinget, Apokryph 139
Piven/Cloward, Aufstand der Armen 184
Platschek, Porträts mit Rahmen. Aufsätze zur modernen Malerei 86
Posener, Geschichte der Architektur im 20. Jahrhundert 207
Prokop, Medien-Wirkungen 74
Pruss-Kaddatz, Wortergreifung. Zur Entstehung einer Arbeiterkultur in Frankreich 115
Pusch (Hg.), Feminismus. Inspektion der Herrenkultur 192
Pusch, Das Deutsche als Männersprache 217
Rahnema (Hg.), Im Atem des Drachen. Moderne persische Erzählungen 93
Reif, Sozialgeschichte des deutschen Adels 277
Reulecke, Geschichte der Urbanisierung in Deutschland 249
Ribeiro, Unterentwicklung, Kultur und Zivilisation 18
Ribeiro, Die Brasilianer 87
Ribeiro, Sargento Getúlio 183
Rippel (Hg.), Wie die Wahrheit zur Fabel wurde 130
Rodinson, Die Araber 51
Rubinstein, Nichts zu verlieren und dennoch Angst 22
Rutschky (Hg.), Errungenschaften. Eine Kasuistik 101
Saage, Rückkehr zum starken Staat? 133
Schissler, Geschichte des preußischen Junkertums 273
Schleef, Die Bande 127
Schönhoven, Deutsche Gewerkschaften 1860–1980 287
Schröder, Die Englische Revolution 1640–1688 279
Schüler-Springorum (Hg.), Jugend und Kriminalität 201
Schwacke, Carte blanche 164
Schwarzer, Lohn: Liebe. Zum Wert der Frauenarbeit 225
Sebeok/Umiker-Sebeok, »Du kennst meine Methode« 121
Senghaas, Von Europa lernen 134
Sieder, Geschichte der Familie 276

Siemann, Die Revolution 1848/49 in Deutschland 266
Sinclair, Der Fremde 7
Sloterdijk, Kritik der zynischen Vernunft 99
Peter Sloterdijks »Kritik der zynischen Vernunft« 297
Sohn-Rethel, Soziologische Theorie der Erkenntnis 218
Sorescu, Abendrot Nr. 15 136
Staritz, Geschichte der DDR 1949–1984 260
Stein/Stein, Das koloniale Erbe Lateinamerikas 210
Steinweg (Red.), Der gerechte Krieg: Christentum, Islam, Marxismus 17
Steinweg (Red.), Das kontrollierte Chaos. Die Krise der Abrüstung 31
Steinweg (Red.), Unsere Bundeswehr? Zum 25jährigen Bestehen einer umstrittenen Institution 56
Steinweg (Red.), Hilfe + Handel = Frieden? Die Bundesrepublik in der Dritten Welt 97
Steinweg (Red.), Faszination der Gewalt. Politische Strategie und Alltagserfahrung 141
Steinweg (Red.), Die neue Friedensbewegung 143
Steinweg (Red.), Medienmacht im Nord-Süd-Konflikt 166
Steinweg (Red.), Vom Krieg der Erwachsenen gegen die Kinder 190
Steinweg (Red.), Rüstung und soziale Sicherheit 196
Steinweg (Red.), Kriegsursachen 238
Struck, Kindheits Ende. Journal einer Krise 123
Tabori, Unterammergau oder Die guten Deutschen 118
Tendrjakow, Sechzig Kerzen 124
Thompson, Die Entstehung der englischen Arbeiterklasse 170
Thränhardt, Geschichte der Bundesrepublik 1949–1984 267
Todorov, Die Eroberung Amerikas 213
Trevisan, Ehekrieg 41
Ullmann, Wirtschaftliche und politische Interessenverbände in Deutschland 1870–1980 283
Veil, Die Wiederkehr des Bumerangs 137
Vernant, Die Entstehung des griechischen Denkens 150
Veyne, Glaubten die Griechen an ihre Mythen? 226
Vobruba, Politik mit dem Wohlfahrtsstaat 181
Vogl, Hassler 182
Voigt (Hg.), Abschied vom Recht? 185
Wagner (Hg.), Literatur und Politik in der VR China 151
Walser, Selbstbewußtsein und Ironie. Frankfurter Vorlesungen 90
Wambach (Hg.), Der Mensch als Risiko 153

Wambach/Hellerich/Reichel (Hg.), Die Museen des Wahnsinns und die Zukunft der Psychiatrie 32
Wehler, Grundzüge der amerikanischen Außenpolitik 1750–1900 254
Wehler, Preußen ist wieder chic ... 152
Weiss, Notizbücher 1971–1980. Zwei Bände 67
Weiss, Notizbücher 1960–1971. Zwei Bände 135
Weiss, Der neue Prozeß 215
Winkler, Die Verschleppung 177
Wippermann, Europäischer Faschismus im Vergleich 1922–1982 245
Wirz, Sklaverei und kapitalistisches Weltsystem 256
Witt, Die deutsche Inflation 1914–1924 268
Wollschläger liest »Ulysses« 105
Wünsche, Der Volksschullehrer Ludwig Wittgenstein 299
Wunder, Geschichte der deutschen Bürokratie 281
Wunder, Bäuerliche Gesellschaft in Deutschland 1524–1789 255
Ziebura, Weltwirtschaft und Weltpolitik 1922/24–1931 261
Zoll (Hg.), »Hauptsache, ich habe meine Arbeit« 228
Zschorsch, Glaubt bloß nicht, daß ich traurig bin 71
Zschorsch, Der Duft der anderen Haut 117